往事心痕

袁峰 ◎ 著

陕西新华出版传媒集团
太白文艺出版社

图书在版编目（CIP）数据

往事心痕 / 袁峰著. — 2版. — 西安：太白文艺出版社，2017.9（2022.3重印）
　ISBN 978-7-5513-1215-8

　Ⅰ．①往… Ⅱ．①袁… Ⅲ．①散文集—中国—当代 Ⅳ．①I267

中国版本图书馆CIP数据核字（2017）第180129号

往事心痕
WANGSHI XINHEN

作　　者	袁　峰
责任编辑	葛　毅
封面设计	茹　敏
出版发行	陕西新华出版传媒集团 太 白 文 艺 出 版 社
经　　销	新华书店
印　　刷	三河市腾飞印务有限公司
开　　本	787mm×1092mm　1/16
字　　数	210千字
印　　张	17
版　　次	2016年9月第1版 2017年9月第2版
印　　次	2022年3月第2次印刷
书　　号	ISBN 978-7-5513-1215-8
定　　价	56.00元

版权所有　翻印必究
如有印装质量问题，可寄出版社印制部调换
联系电话：029-81206800
出版社地址：西安市曲江新区登高路1388号（邮编：710061）
营销中心电话：029-87277748

亲 情

无法割舍的，总是那浓浓的亲情。
她伴着我一路走来……

往事·警界

从警路上，几多艰辛，但我始终如一地爱着这个职业，无怨无悔……

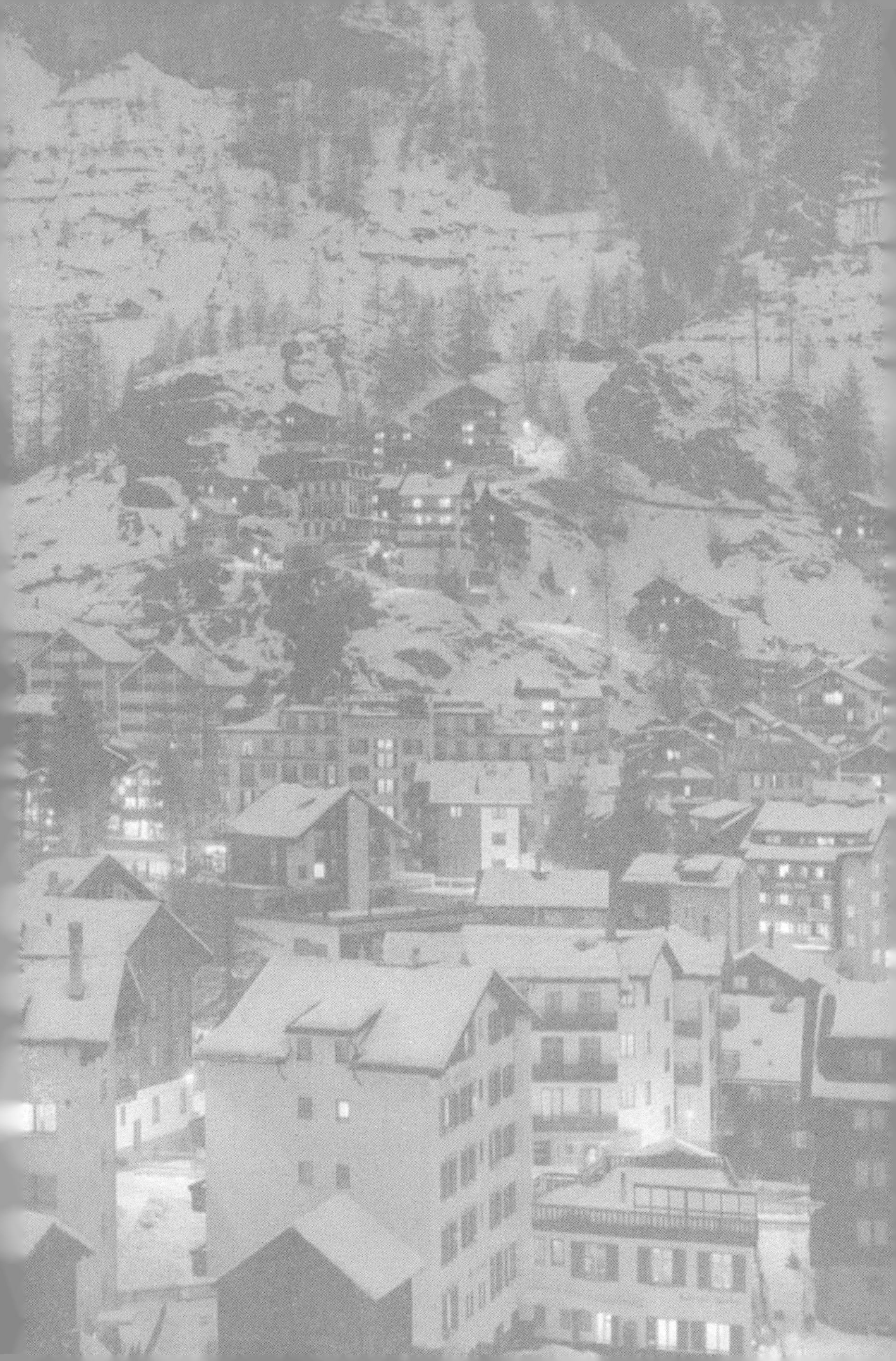

往事·社会

几度风雨,几度春秋,这风雨之中的故事依旧历历在目,真实的,虚幻的……

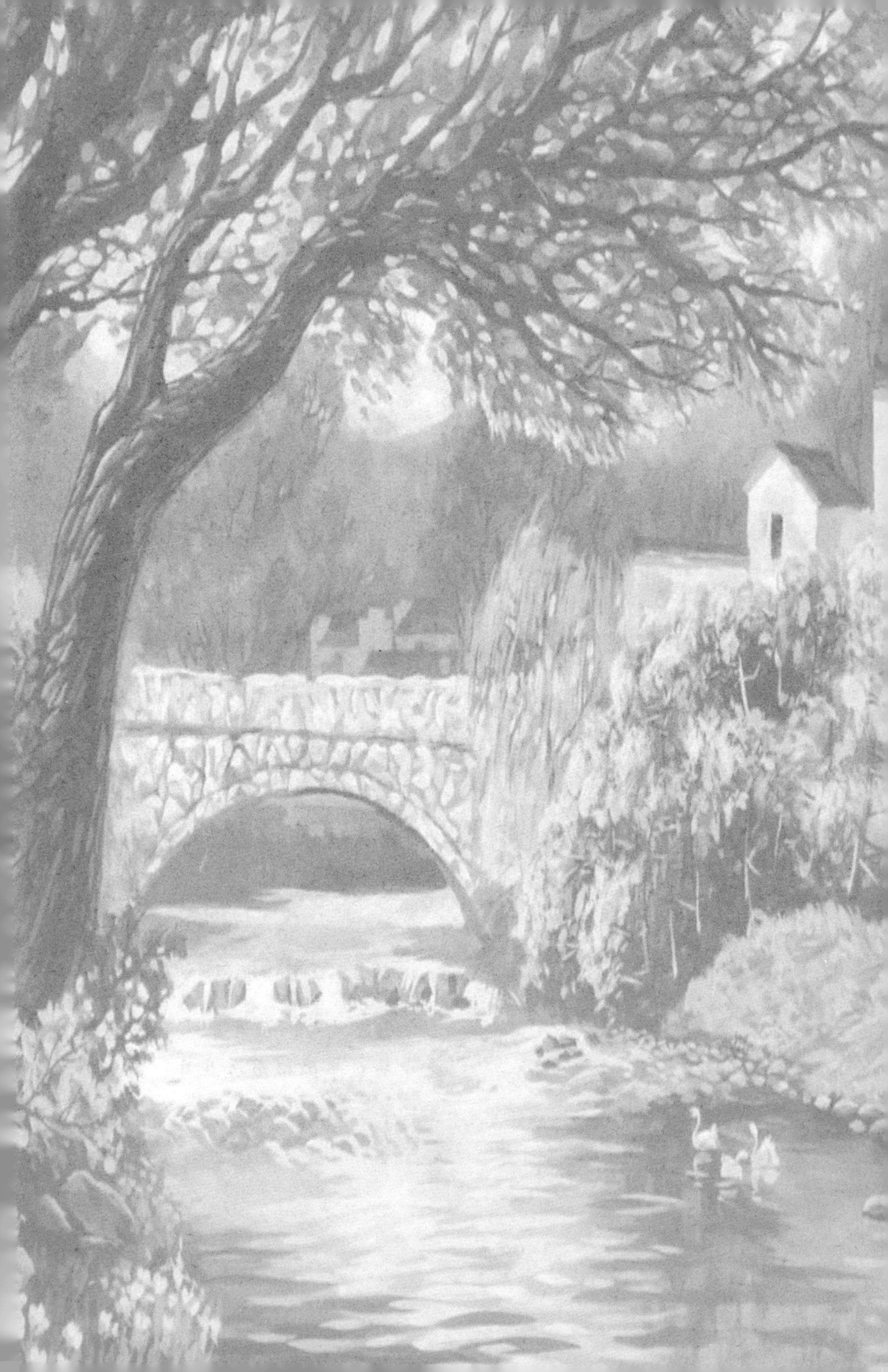

心痕

人生在世，难免总被情缠绕，总为爱断肠，总为世事而烦恼。作为我，这情、这爱、这烦恼，已不单单是那狭义的……

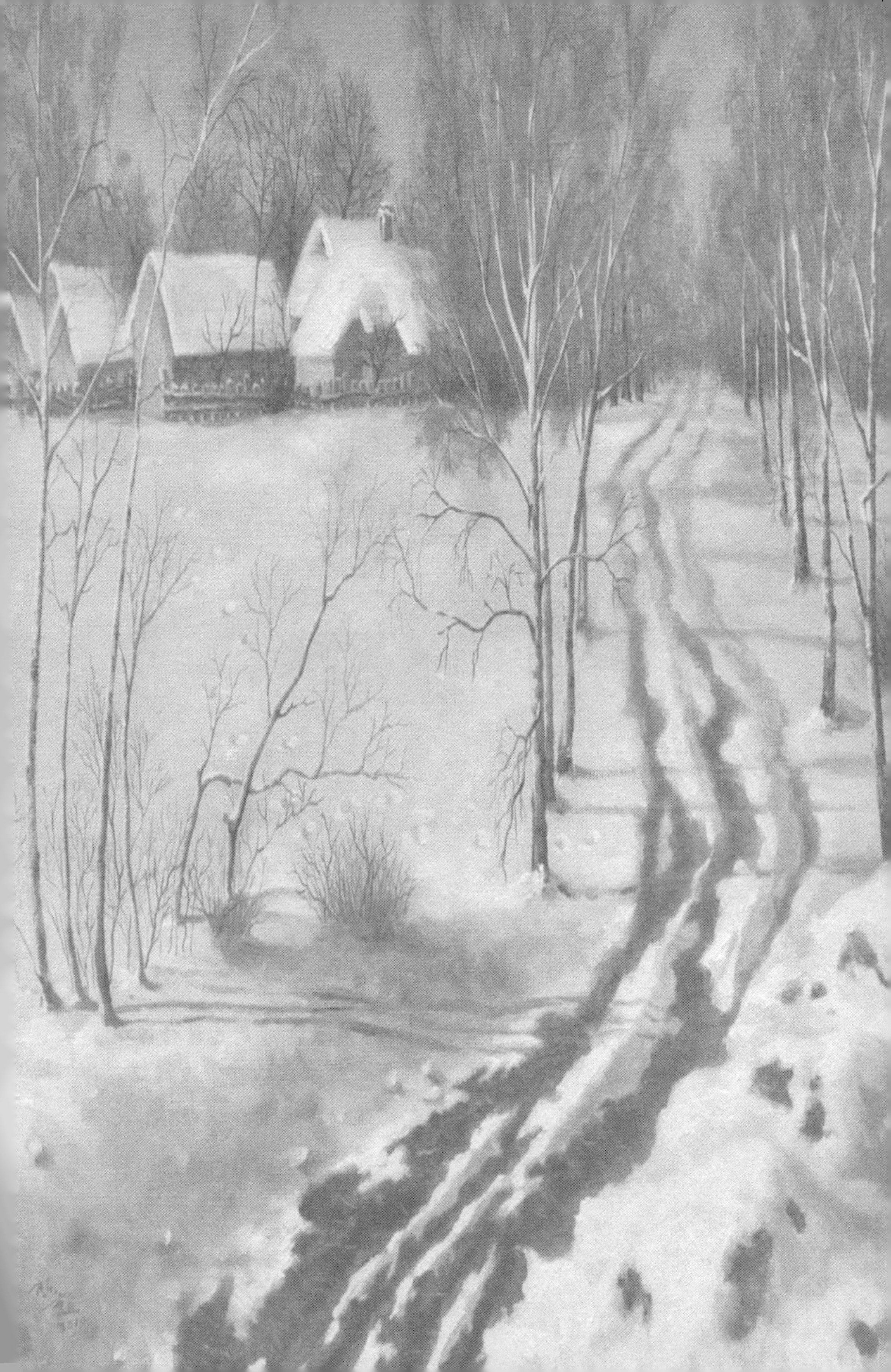

人要有一点精神的

——读袁峰散文集《往事心痕》有感

王 海

以前读过袁峰的散文集《刑警手记》，曾为他的散文写过一篇文章《由情感凝聚构建而成》，现在读来还觉得情意切切，仿佛是在昨天。袁峰的散文大都在叙事，在叙述的过程中让人感悟，常在结尾给人意想不到的惊喜，这是我喜欢他散文的一个重要原因。

袁峰在警界工作，曾是一个派出所所长，在这个浮躁的社会里，可想一个派出所所长的工作有多么忙碌。几次在街道碰上他，都是在处理纠纷和案件，但他却写了这么多随笔散文。有一段时间，《咸阳日报》连载他的随笔散文，我每篇必看，一是对兄弟的职业崇仰，更重要的是他的文笔流畅，故事引人入胜，使人从中得到诸多感悟和启迪。

《往事心痕》这部散文集分为四部分，每部分主题内容归纳清晰，耐看醒脑。第一部分"无法割舍的，是那浓浓的亲情，她伴着我一路走来……"。浓浓的亲情，难以割舍。在他上高一时，母亲病倒了，腿疼得不能行走，但母亲还是拄着那根棍子硬撑着为他上学烙馍。他每次背馍去县城学校时，母亲总是拄着那根棍子把他送出家门，陪着他走得很远，不停地叮嘱："路上小心，好好学习……"这就是母亲。母亲对他的爱，对他的牵挂，使我想起我的母亲。我要当兵去，母亲高兴地送我到村口，我走了，她却在家里常常大哭，来信从未提到她在家中的苦难。这段文字又使我想起朱自清写父亲的《背影》。作者用朴素的文字，把母亲对儿子的爱，表达得深刻细腻，真挚感动，从平凡的事件中，呈现出母亲对他的关怀和爱护。"从警路上，几多艰辛，但我始终如一地爱着这个职业，无怨无悔……"。在这部分《人为什么活着？》中他写道："我想到一种精神，那就是活着的目标。人要有精神啊！童年时的信仰教育，那就是为之奋斗的精神。这是一种朝气，是一种敢于战天斗地的豪迈壮举。"忠诚卫士，责任担当，这部分无不彰显出一个男子汉的英雄气概。第三部分写的"几度风雨，几度春秋，这风雨之中的故事依旧历历在目，真实的，虚幻的……"为了百姓宁静的生活，他日夜坚守在岗位上，青春的岁月，像流水逝去，他无悔无怨。但却因为办理二代身份证之事"忽悠"了群众，心里不安。他是如此的自责自己："我感觉到自己是多么的自私，多么的卑鄙！为了自己的虚荣，为了自己不被处分，竟让这么多的群众忍受排队与高温的痛苦。"人生在世,难免被情缠绕,为爱断肠,为世事而烦恼,这情、这爱、这烦恼,已不单单是那狭义的……"。在这部分里,他《想去望海》,他思索着《心的冬季,谁会为你保暖?》,他又常迷失方向,在茫范人海里,却问自己《我在哪里?》。《寻找春天》他写得很有趣味,"草儿绿了,鸟儿叫了,花儿开了,柳枝抽芽了——春天紧跟在你的身后来到了。你就是春的使者呀。"

读罢这部散文集,我掩卷思索,这是一部真正的散文随笔,每一个故事都是真实的,每一段文字都是作者的内心独白。如何写散文,怎样选择表现角度,表达自己的真情实感,这是散文创作中值得研究的问题,绝非雕虫小技。袁峰的散文,很注重表现角度和挖掘内心的感受,并把它转化为一种让人分享的具有正能量的佳作。我们有些作家,不关注老百姓的冷暖和幸福,不关注老百姓的喜怒哀乐,而热衷于写一己悲欢、杯水风波,或者书写猎奇和古怪。有的搞所谓的"下半身写作",毁坏公序良俗,挑战道德底线。更有甚者价值观念混乱,道德底线失守,有的调侃崇高,亵渎经典,颠覆历史,丑化人民群众和英雄人物,过度渲染社会阴暗面。由于心态浮躁,名利驱动,作品肤浅粗糙,只是制造了一堆垃圾。

袁锋的散文有一种民族责任感和荣耀感,他在思想认识上廓清了文艺实践中的迷雾和困惑,搞清了为谁写为谁服务的问题,所以读起来是那样亲切,仿佛是在和你闲谈交流,却使你大彻大悟。

王海,陕西省作家协会副主席、咸阳市文联副主席

2016 年 6 月

目　录

亲　情

想念母亲/03

两块钱/06

家·妻子/09

牵挂/13

爱花的女人/17

在梦里飞……/20

珍惜中秋月圆夜/23

痛别父亲的日子/26

迷茫的"情人节"/32

闯大祸了/35

湖边漫想/37

离开家的时候,天堂的父母要留下我/40

清明节,说给爸妈的话/43

三姐/45

往事·警界

值班日志(一)/51

值班日志(二)/54

值班日志(三) 有个案子,我真不懂/64

值班日志(四)少林僧警/68

坐错车的男孩/71

传销·学传销的女孩/74

人怎如此薄命？/78

另类女人(一)/80

另类女人(二)/83

另类女人(三)/87

谩骂报警人——无法可依/90

人为什么活着？/95

我们应该说声:"对不起!"/98

唐僧的影子/102

这个女贼有点赖(上)/106

这个女贼有点赖(下)/109

站好最后一班岗/112

往事·社会

不为人民币服务/117

闷·热/122

梦里,那个古朴的小镇/125

念狗/128

一件小事/132

钱师/138

天凉了/141

我"忽悠"了群众我不安/143

孕妇优先/146

哀悼日中的婚礼/149

冲进大雨中的女人/152

有一种感觉叫失落/155

今夜又要无眠/158

假若派出所下设……/161

干警察时间长了,竟有些神经质/164

放松的时候/167

大妈,这不是钱的事/170

电话里说不清/172

冬夜/176

心 痕

寻找春天/181

心有没有归宿?/184

想一个人出走/186

心的冬季,谁会为你保暖?/188

我在哪里?/190

想去望海/193

一次有意义的慈善活动/196

一只孤独山羊的述说/199

有毒的花儿/202

故乡的路/204

沐浴春雨/209

朋友/212

清明节杂说/215

花的断想/217

见狼/219

冷冻感情/222

命脉/224

门面/227

怀念礼拜三/230

猜疑,要不得的坏毛病/232

从"咸阳有条无名街"说起/235

弹指一挥二十年/238

对症下药/241

噩梦/244

跟着你,我在走我的路……/247

大雪无痕/249

估计蚊子是撑死的/251

融化的雪儿,你在替谁流泪?/254

声音/256

谁触动老天伤心的泪眼/258

走进大漠/260

后　记/263

亲情

无法割舍的，总是那浓浓的亲情。
她伴着我一路走来……

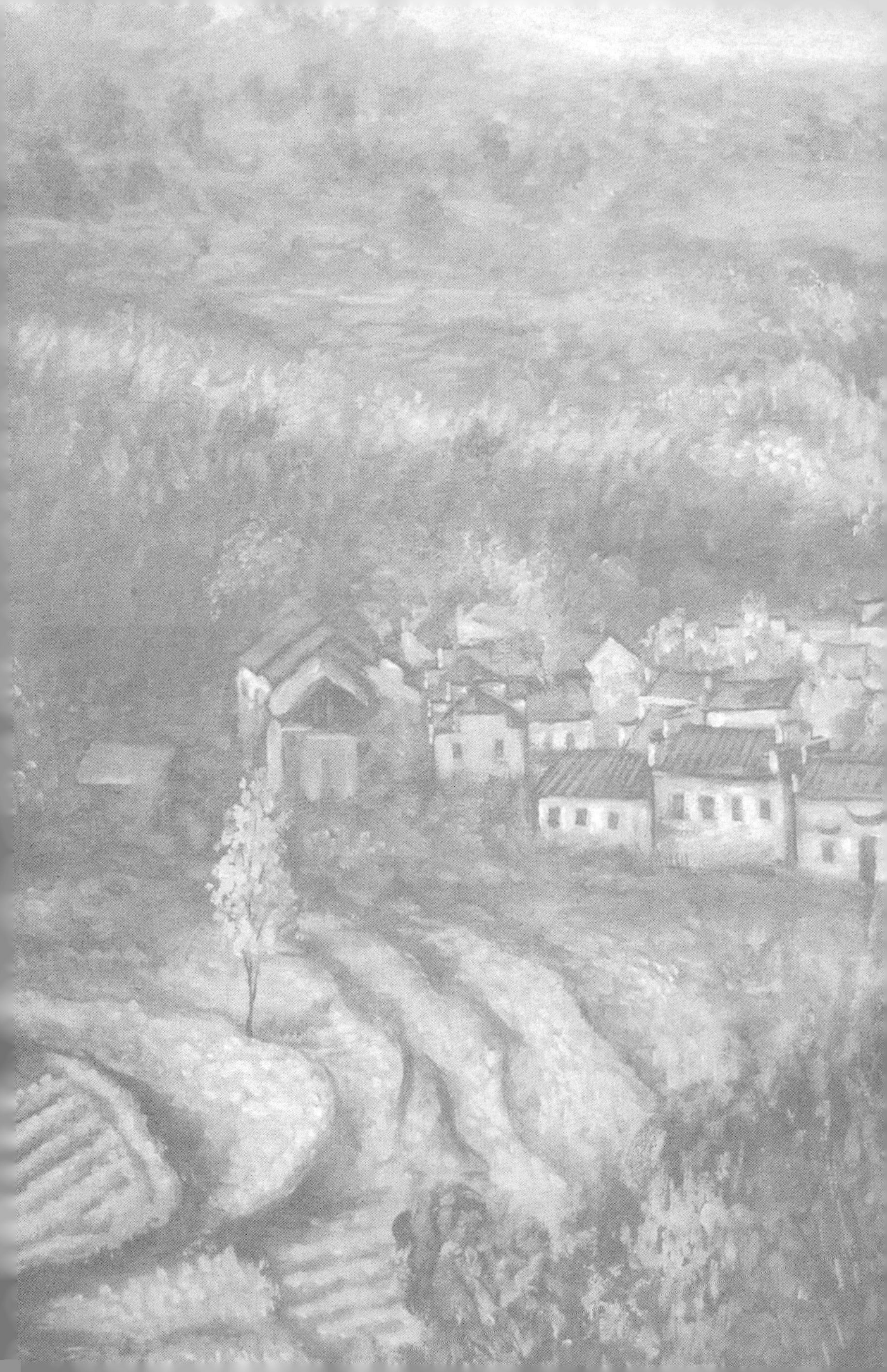

想念母亲

　　那一夜我喝醉了,因为一连串不顺心的事。一个人恍恍惚惚摇摆到了小城的湖边。后来怎么都想不起是怎么到的湖边,只隐隐约约记得我想到湖边吹吹湖面的冷风,冷却冷却我发热的头脑。

　　湖边人迹罕至。"三九"天里,一般人不会去的。湖边的景物已看不清了,只有远处大桥上来来往往的车灯透射出一点光线照射在湖面上。

　　面对着死寂的湖面,我大哭了一场。泪水冲刷掉了我久积在心中的烦闷。哭过之后,我平静了许多。我不再去想来到这都市二十年的恩恩怨怨。

　　坐在湖边的冷风里,我想到了已离开人世二

十多年的母亲，想到了母亲在世时那个温暖的"老家"，想到了母亲对我点点滴滴的爱。

小时候，我体弱多病。听村上人说，我三四岁时，走路还不稳当，母亲几乎形影不离地跟着我，或是让三个姐姐轮流带我。母亲常嘱咐我"慢慢走，慢慢走"，以至于在老家落下了一个"慢慢走"的外号。现在回到老家，碰到年长的叔婶，他们还这样叫我。小时候听他们这样叫，心里多少有点失落感，现在听起来总是有点感动，因为一听到这个称呼我就想到了母亲。

大概在我六岁的时候，有一次我突然病了，迷迷糊糊地睡了整整一天。第二天一大早，母亲和当时只有十几岁的大姐背着我就往县医院赶。那时通往县城的公路不像现在这样宽敞平坦，而是一条弯弯曲曲的沟道。母亲和姐姐得爬坡过坎。那时人们都很穷，村里没有几辆自行车，母亲和大姐也不会骑自行车，她们就轮换着背我，走走歇歇。十五里的路程，母亲和大姐背着我走了将近四个小时。

上小学二年级时，有一次我从学校的双杠上掉下来，嘴巴磕到地上，门牙直直地就戳进了下嘴唇，血直流。等母亲知道后赶到大队医疗站时，赤脚医生已经为我缝合好了伤口。母亲把我搂在怀里，眼眶里噙满了泪水。刚开始几天，我不能吃硬食物，母亲就每天烧好面糊端到我跟前，一勺一勺地喂我。每一次母亲都努力地不让眼泪流出来，但每次母亲脸上都挂满泪水。

在我的记忆里，母亲永远都是忙忙碌碌的。父亲是大队的支部书记，一天到晚忙集体的事，一切家务都甩给了母亲。洗衣做饭、挑水磨面，样样活儿都得母亲去干。那时村里没有磨面机，磨面得去外村排队，有时排上几天还排不到。好多次都是我睡到半夜猛然醒来，听见母亲拖着沉重的步子，背着面袋进了屋。第二天天还没亮，就又听见母亲打扫院子的声音。

　　母亲辛苦操劳,从来不知道心疼自己。有几次,我看到她吐血,但每次她都悄悄地擦掉,稍稍休息一下,就又去忙活了。

　　在我上高一时,母亲病倒了。她腿疼得不能行走,但还是拄着那根溜光的棍子硬撑着为我上学烙馍。我星期天下午背着馍袋离家去县城学校时,母亲总是拄着那根棍子送我出家门,陪着我走出很远,并不停地叮嘱:"路上小心,好好学习。"每次都是我再三劝阻,她才停下来。而我总是不敢回头去看母亲,怕又无法分离。

　　后来,母亲终于不能行走,躺在了床上。可怕的癌细胞侵入了她的身体,折磨得她疼痛难忍,苦不堪言。看着一天天消瘦下去的母亲,我常常暗自流泪。每到周末,我心急如焚地从学校赶回家,回到母亲身边,跪在炕头,为母亲捶腿捏背。那时常想,如果病痛能够替代,我真愿那些疼痛转移到我身上,让母亲不再那么痛苦。

　　一九八四年农历腊月十三,星期六,在学校忐忑不安地度过了一周,当我急匆匆地回到家时,母亲已在半个多小时前闭上了眼睛。我跪在母亲身边,拉着母亲的手哭呀、喊呀,却再也唤不醒那受尽了苦痛的母亲。那年,母亲还不到五十七岁。

　　母亲离开我二十多年了,每当遇到困难和苦恼时,我就想到了母亲,觉得母亲就在我身边。我也就很快从烦闷和忧愁中解脱出来,去继续我的工作和生活。

　　母亲啊,我想你。

(2007年1月21日)

两块钱

我在老家礼泉县第一中学上高中时，还没有现在的周末两天的双休日。我们学校大都是住校生，每到星期天下午，同学们带着锅盔、馍等干粮陆陆续续地来到学校，要赶在上晚自习的时间坐进教室。而每到星期六下午，大家都等不及下课铃声响起，早早地收拾好书包，做好回家的准备。离家远一点的同学基本上要带够一周的干粮，而像我们离家只有十几里地的同学带上三天的干粮。到了星期三下午，家里人送些干粮来，或是自己抽空借了同学的自行车回家去取。

到了高三第一学期快要结束时，家里就再没有人给我送干粮了。我基本上都是背上一周的干粮步行十几里地去县城上学的。那时,母亲的病已经重的不能动弹,整日躺在土炕上,癌细胞折磨得母亲疼痛难忍。由于母亲重病在床,家里的亲戚也来来往往,有伺候母亲的,有来看望的,于是,本没有多少存粮的家里常常闹起了"饥荒",隔三岔五地要从舅舅、姨姨以及其他亲戚家借粮接济。

钱紧粮缺,父亲常常莫名其妙地发脾气。

母亲去世前一个星期的星期天下午,我要去县城上学了,去母亲住的屋子向母亲道别。母亲斜靠在身后的被卷上,睁着一双有些浑浊的眼睛,吃力地对我说:"路上要小心啊。"从前,每次出门,母亲都要对我说同样的话。看到母亲已病成这个样子,叮咛的还是这样的话,我的鼻子不由得发酸,泪珠迸出眼眶,挂在脸颊上。我跪在母亲身旁,轻轻地揉搓着母亲病痛的腰腿,含泪点头。母亲看着我,忽然想起了什么,艰难地扭过身去,右手在身后的被卷下面揣摸。好一会儿,她从被卷下摸出了一张两元面值的人民币,塞到我的手里,说:"你在学校只吃干馍,没有油水,把这钱拿去在学校的灶上买点菜汤,增加点营养。"我把母亲给的两元钱又塞到母亲身后的被卷下,对母亲说:"妈,还是留在家里,让大姐给你买点好吃的吧。"

由于母亲病重多日,家里几乎一贫如洗。我知道,这两元钱当时可能就是家里仅有的积蓄了。看着我执拗的样子,母亲喘了喘气,没再说话。大姐在一旁看着我,也默默无语。我看看躺在土炕上的母亲,狠了狠心,一步一步退出了屋门。

谁料到,这竟是我和母亲的生死离别!

等到周六,也就是农历一九八四年腊月十三下午,两点多,我借了同学的一辆旧自行车沿着雪后的乡村土路急急忙忙赶回家里时,母亲已在半个多小时前永远地离开了我们,她再也看不到想她念她爱她的儿女了。

跪在母亲灵柩前,我号啕大哭,痛不欲生。那会儿,我感到天好像塌下来一般。

这一年,母亲只有五十七岁。

送走母亲的第二天早上,大姐在为父亲的炕洞里塞柴烧火时,抬头问我:"你见到妈妈被卷下的两元钱了吗?"我摇了摇头,问大姐:"这个礼拜,你们没有给妈买什么吃的?"

大姐噙着泪水,哽咽着说:"妈不让给她买什么,她说你在外上学辛苦,要等这个星期天,你回来把钱给你。"

母亲啊母亲!

后来,我们在拆洗母亲用过的被褥时,在母亲身后倚靠的被子的线缝里找到了那张我和母亲谁也没有用掉的两元钱。

每当回忆起这些往事时,我都痛苦不已,每当写回忆母亲的文章时,我都是流着泪去写。在泪水中完成这些回忆文章以后,我的心里就要难受一阵,最后,才能慢慢平静。

(2007年4月15日)

家·妻子

　　由于工作性质,经常在外忙活,也不知整天在外忙些什么,就是很少有时间能在家里好好休息上一天,或者是半天也好。早上出门时,家人还未出门,每天几乎都是很晚才回家。加上每月将近十几天的值班备勤,以至于在新家住了两年多,这个不到五十户人家的小区里还有人没有见过我。那天从小区大门往里走,一个老太太还问门卫李师:"这人找谁呀,进来也不打个招呼?"当然,老太太她怎么也不会想明白的,这个院子里,只有门卫对早出晚归的我最熟悉了,用得着打招呼吗?

　　前两天突然拉起肚子,一大早起来就感觉不大对劲。妻子唠叨着让我去看医生,我还不以为然:这么个小问题都去医院,那还了得?我想,大不了就是晚上吃的有些问题,可细细想想,也没有吃什么呀。那会不会是晚上天有些热,没有盖好被子,受凉了呢?得了病就胡乱找得病的原因,找来找去也没有找出个结果来,就坚持去单位上班。虽然单位不大,可鸡毛蒜皮的事情不少,自己好坏是个"一把手",大小事情还得亲自去操心料理。说白了,就跟人民公社时的生产队长差不多。可谁知道,拉肚子这玩意儿,根本就不是什么好病,一个上午就让我往卫生间跑了五六次。刚开始,我还咬牙忍着,到了午后,腿软得有些发慌,全身好像散了架一样,一进宿办室就想往床上趴。肚子里就好像翻江倒海一般,"咕咕噜噜"地叫个不停。感觉实在挺不住了,就想到医院去挂吊针,于是给妻子打了个电话。妻子一听要挂吊针,急了。她一会儿说要"打的"来派出所看我,接着又说去医院打吊针呢还是去诊所。后来,她干脆说:"回咱家门口诊所打针吧,我照看方便。"

我没有让妻子来看我,有什么看的,反正要打吊针的。不过,想想妻子的话也对,到家门口打吊针方便多了。吊瓶扎好就能躺在家里挂,沙发、床上都可以躺。真正内急,可以几步就进卫生间。如果去了医院打针,量血压呀,抽血化验呀,够忙活半天的。如若让熟人碰到,还不知我得了啥病,弄得沸沸扬扬的也不好。我这个人还是死爱面子的。于是,给值班所长交代了一下,就急急忙忙回家去了。

妻子已早早地来到小区门外的诊所里等候,她看见我,赶紧推开诊所玻璃门,搀扶我进去,嚷着让大夫先给我看病。在大夫配药、扎针的时候,妻子搀扶我的手一直都没有放下。等护士给我扎好针后,她右手高高地举着吊瓶,左手搀扶着我,小心翼翼地跟在我的旁边,生怕我跌倒。到了家里后,妻子拿来衣架,把吊瓶挂在衣架上。又为我垫好靠枕,换了睡衣,拉上被子,拿药端水,一刻都没闲着。

晚饭她专门给我熬了容易消化的麦面糊糊,怕我吃了别的东西会使病情加重。其实,我什么也不想吃,一个劲儿地恶心反胃。妻子硬是劝我喝了小半碗面糊,她说:"吃些东西就有抵抗力了。"

只想下午打了吊针病就会轻些,谁知到了晚上,我的肚子还是一泻而不可收拾。一个小时不到就要往卫生间跑上两次。每次,妻子都紧紧搀扶着我;每次,妻子都把热水盆子早早放在我的跟前。她解释说,便后用热水洗洗会减轻痛苦。最后,我实在没有力气挪动步子,妻子几乎是架着我走的。"这怎么行呢,这怎么行呢?"妻子急得来回走动,口中喃喃自语。"不行就去医院吧?"她说。我没有力气说话,只是摇了摇头。整个晚上,肚子里"咕咕叽叽"响个不停;整个晚上,肚子疼痛难忍在床上翻来覆去睡不着;整个晚上,妻子侧卧在我的身旁一边给我揉搓按摩,一边可怜兮兮地看着我唉声叹气。

人常说:富贵朋友,贫贱夫妻。我在病中真真切切地感受到了其中的内涵。想想也是,妻子平时无论怎么对我絮絮叨叨,无论对我言语多么尖刻,可我患病之时,当她看到我痛苦的神情的时候,她对我那种发自内心的关心和爱意就毫不掩饰地表现出来了。

妻子越发对我关心,越发对我照顾,我的心就越发的难受,越发的沉重。想到自己一年三百六十五天,在家里和妻子能好好待在一起的时间加在一起也没有个把月;想到妻子偷偷买几件喜欢的衣裳,被自己发现后瞪眼数落令妻子难堪的样子;想到妻子有病打吊针时自己以所里有事为由狠心地离开时,妻子看着自己那失望的眼神……我的心里有些难受,鼻子忽然有些发酸,有一种想落泪的感觉。

躺在床上,看着吊瓶里的液体一滴一滴掉下,我的心里静了许多。家的感觉真好啊！你不必去想那窗外的事情，你不必去想那许许多多工作上的责任和压力，你也不会有那纷纷乱乱人情的纠葛和烦恼，你更不必像戴着假面具一样在凡俗尘世中去应酬和漂浮……在自己的家里，对着自己的妻子和儿女，你可以无拘无束地、尽情地去享受这个温暖的港湾！

(2007年5月23日)

牵 挂

小时候,"咿呀"地学语,"颤颤"地学步,妈妈紧紧拉着我的手,嘴里念叨着"慢慢走呀",心已经提到嗓子眼。她紧张呀,她怕我一不小心一个趔趄绊倒在地上,摔得嘴巴流血、鼻青脸肿了;怕摔痛了我,摔坏了我,摔哭了我。

上学了,每次出门,妈妈都要把我送到大门外,不停地叮咛"路上小心"之类的话,哪怕这些话说上几遍、几十遍、几百遍,妈妈感到还是没有说完。她牵挂的心老是不能放下。

上高中了,在离家十几里的县城上的高中。要离家去上学时,妈妈还是说着我从小听惯了的"路上小心"的话语,缓慢地挪动着脚步,把我送到村外很远的一座水泥桥上,目送我渐渐地离去,直至变成一个模糊的黑点。

就是躺在病床上,每到周末,如果不能看到我回家的身影,如果听不见我叫"妈妈"的声音,她就担心,她就念叨,她就吃不好饭,睡不着觉,她的病痛也好像更厉害了……

我知道,这就是牵挂,这就是人世间一种最真挚、最感人、最纯洁、最不掺杂任何虚假的母爱!

可惜妈妈早早地离开了我们,我得到这种无以替代的牵挂的时间太短了。在妈妈的牵挂之中,我也慢慢地学会了牵挂,学会了心焦,懂得了人世间最诚挚的感情。

老天没有亏待任何一个善良的珍惜人世间感情的人,也不会让一个懂得真爱的人遭受人世间的苦和难。虽然妈妈在患病卧床的近一年时间里,我从没有认认真真踏踏实实学习,我的心总是牵挂着病床上的妈妈(母子的心永远是相通的,母子之间的牵挂永远是相互的),虽然我也曾因妈妈的病痛和家里的事情屡屡请假,可是,在妈妈去世后不到半年的时间,我通过高考,竟然被警校录取了。我有时想,或许是妈妈在另一个世界保佑着我,仍然在牵挂着她的儿子!

离开了家,离开了老爸,去了从来没有到过的省城。紧张的训练生活,虽然很苦很累,可是,在训练的间隙,会不停地想念老爸,担心他的身体,担心他的生活,少不了许许多多的牵挂。那会儿家里穷,我每月计划花费的十元钱是老爸从他那每月四十多元的退休工资里挤出来的,所以尽量地节俭,不去乱花,虽然回家来回不到两元的车票,我还是硬忍着一个月只回一次。每到回家时,总是急不可待。我知道,家里也有一份牵挂,那是老爸对我的牵挂。

参加了工作,牵挂老爸的心更加强烈。于是,每到周末,就急忙往家赶。回家陪着老爸吃顿饭,回家陪着老爸说说家常,回家和老爸睡在一个土炕上。老爸只要能看见我就高兴,老爸只要能听到我的声音就心情舒畅。这就是牵挂呀,是老人对儿子的无私牵挂!

老爸老了,行动已经非常不便,常常拄着我在外面给他买的那根拐杖。

周末我回家后,开着车拉着他去县城,先是给他理发刮脸,然后吃顿家乡的水盆羊肉,再给他买些生活用品,还有他一辈子都喜欢抽的"工字"卷烟。周末那天,他很高兴。以后的时间,每到周末,老爸总是早早搬把小椅子坐在老家的大门外,望穿双眼盼着我回来。所以,如果哪天真有紧急事情,回不到老爸的身旁,我的心里就好像揣了只活蹦乱跳的小兔子,折腾得我不得安宁。我知道,这是我在内心深处对老爸的牵挂。

老爸现在也离开了人世,在这个人世间,能真正牵挂我的人已经很少了。由于我在爸妈亲情的牵挂下长大成人,所以,我感觉一刻也离不开牵挂了。

儿子要出门去,不管去上学还是去找同学玩耍,我都要像当年妈妈叮咛我的那样,对着儿子说"路上小心""回家早点"之类的话。叮咛得多了,说得多了,儿子也就烦了,顶嘴说我"像老人一样"。出门时经常这样叮咛,到时间后就不停看表,只有儿子进了家门,我心上的一块石头才能落地。牵挂呀,是我对儿子的牵挂。

妻子上班时,骑自行车东摇西摆地上了路,我一个人就不停地去想,也在心里默默地祝愿:一路平安!妻子的单位改制了,要裁减员工,我就为妻子着急。见到妻子紧皱的眉头,我的心里也跟着着急。牵挂,无处不有的牵挂!

于是,想到好多的朋友,想到好多朋友的苦难忧伤,我就为朋友着急。只要朋友有事,就跟我有事一样,我就不得安心,不能好好入睡,就想着朋友的事情。一旦接到朋友的电话,或是听到朋友的信息,说朋友的事情已经办好了,说朋友的苦难已经渡过了,说朋友的脸上已经出现了灿烂的笑容,我的心情也就随之欢快了起来,感到生活充满了阳光。

牵挂呀,无时无刻不在牵挂。

我亲爱的朋友,你感觉到我的牵挂了吗?

(2007年7月30日)

爱花的女人

她特别喜欢花,喜欢各种各样的花。她喜欢栽花、买花、养花、闻花。一天到晚,她都在忙着伺候她的花。

屋子里,不管是客厅、卧室、餐厅,还是阳台、窗台,只要有空间的地方都有她养的花儿、草儿、树儿,就是卧室的电视机上、刚进家门的鞋柜上,也摆放着小小的花盆。

生活在花草之中,确实给人一种生机勃勃的朝气;有这么多花花草草的陪伴,也让爱花的女人少了许多寂寞和孤单。

偶然有人拜访,一进门就先让这眼前的花草树木所吸引,在客人赞叹不已的时候,爱花的女人就会情绪激动起来,主动地去为客人介绍这些花草树木的名称、特性,花儿的颜色、形状。她好像一个老师一样,喋喋不休地讲解下去,直到客人点头不已为止。

有人听她讲花是她最骄傲的事情,有人称赞花草树木养得好更让她自豪不已。她说,她就喜欢有人和她聊这花的事情。

由于听到她多次不厌其烦的讲解,就是我这个不喜欢花的人也已经粗略地记住了几种花草树木的名称和形状。

榕树别致的花冠,巴西木坚硬的树干,水竹郁郁葱葱的针叶,还有形形色色的吊兰等,让我一下子就能说出它们的名称来。

其实,根本不需要我记住它们。因为,每次见到爱花的女人,她又会反反复复地给我讲起这些花草树木来。

爱花的女人不只是爱花,而且更爱美。清晨起来,她要在梳妆台前折腾半个多小时。对着梳妆台上的镜子,她左看右看,前看后看,抹着眼影、描着眼眉、涂着唇线。光是那口红就有好几种颜色,大红、粉红、深红、紫色,一应俱全。

梳妆完了,打开衣柜,衣柜里挂满了她的衣裙。她把那红红绿绿各式各样的裙子取下来,照着衣柜上的穿衣镜在自己身前比画来比画去,这件不行换那件,那件不行换这件。最后,衣柜旁边的床上扔满了她的衣裙,还是没有挑选出一件当日要穿的裙子来。

于是,爱花的女人又想去商场,想去看看商场里琳琅满目的裙子。哪怕是口袋里只装了几百元几十元,她都敢进那装修得富丽堂皇的大商场,她都敢看标价是几千元的衣裙,只要营业员允许,她也敢把那几千元的裙子拿进试衣室去试。她拿着那漂亮的裙子总是爱不释手,想想羞涩的钱包,也只好把衣裙还给人家营业员。

不过,她只要进了商场从不空手回家,她非得买一件自己喜欢的衣服。只是,这件衣服的牌子和质料却大打折扣。

　　爱花的女人是花市的常客,卖花的主家大都认识她。她几乎是逢市必去,见到喜欢的花草就买。因此,卖花人见她来了都很高兴。有时,她花五元钱买一盆小小的花草却要花十元钱去打车。打车不方便时,她也会端着沉重的花盆走两三里路。

　　爱花的女人时常都有好心情,爱花的女人一天到晚都在做着美丽的梦。

　　爱花的女人,我心上的女人。

（2007年7月16日）

在梦里飞……

经常做这样的梦,梦见自己能够飞翔,可怎么也飞不出童年的老家。

昨晚,在所里值班。躺在床上,又做了飞翔的梦,又梦见自己在老家的土屋上飞翔。

老家的土屋坐西面东,一排有十来户人家。之所以叫土屋,就是老家院子的围墙是用黄土夯实堆起来的。当时,老家人称作打墙。先要打好地基,然后,用木椽搭好架子,把从地下挖出的湿湿的黄土用铁锨堆积在架子里,上去几个身强力壮的小伙,提起安装着长手把的铁锤,喊着号子,把那潮湿的黄土夯实。随着架子的升高,那一堵堵土墙就建成了。我想,古时候的长城也就是这样堆积建成的吧。长城修建于秦朝,我们这里就是秦朝的首都所在,所以,修建长城也就是采用我们这里打土墙的方法。大跟小是一个道理。

在老家土屋度过了我幸福的童年和少年时代,在老家土屋享受过人间最伟大的母爱,享受过那种无忧无虑、其乐融融的亲情。所以,梦里总飞不出我那留下美好记忆的土屋。

可是,我在梦里却总是飞不高,有时,就连那并不太高的土墙也飞越不了。而就在做着第二次、第三次飞越的时候,那土墙却忽然地低了,不见了,变成了一片栽着小树的平地,我可以毫不费力地从小树的行间走过去。我有一种感觉,不管是在梦中还是回到现实,我总感觉到老家的那块土地生养了我,也在我的人生道路上默默地、无声无息地帮助着我,让困难在我的面前变小,让危险在我的面前消失,让我的人生道路多一些平坦,少一些崎岖。还有在天堂的母亲,她的善良总会感动天地,帮助她的儿子屡屡渡过难关。

昨天晚上见到了母亲,我是飞越老家的土墙回到家里看到母亲的。她还是穿着那件洗得有些发白的灰色对襟罩衣,头上顶了块带有蓝道儿的白色手帕,依然是那张和蔼可亲、与世无争、慈祥的笑脸。母亲和二姐在老家小院里正在忙着什么,我忽然出现在她们面前。看到母亲,我激动地哭,伤心地流泪,我跪在了母亲的面前。

母亲和二姐见到我哭,很是吃惊。母亲急忙把我抱在怀里,取下她头上的手帕为我拭去泪水。

母亲和二姐连忙问我,怎么了?我哭着说,不知谁把我的裸体照片贴在网上了,好多人都看见了,他们看见我就笑,害得我在城里待不下去,又跑回老家了。还是回到童年、少年时代的老家安全放心呀。

母亲不知道"网"是什么,天堂没有电脑,没有网络。二姐也听得糊里糊涂,整天顶着太阳在田间辛苦劳作,怎么会明白"网"的含义!

我正要给她们解释，"咚咚"的敲门声把我从梦中惊醒，睁眼一看，原来在自己宿办室里。听门外声音，是有人报案。值班同事叫我一起出警。于是，连忙穿衣开门，坐上警车，一头扎进夜色之中。

雨，还在不停地下着……

(2007年8月31日)

珍惜中秋月圆夜

小时候,故乡的中秋月格外的圆,格外的亮,格外的令人遐想。

村子很静,被各种各样高高的枝繁叶茂的树木笼罩着,被郁郁葱葱的玉米地包围着;村子很土,土墙土房土街道。如果不是有一年地下水上涨造成村子搬迁,放到现在,不加任何绿化改造,就会是一个绝妙的休闲度假的好去处!

每到中秋月夜,我们一群光着膀子、穿着粗布短裤的"泥人儿"围坐在村子马头爷(不知道为什么叫他马头爷,小时候都这样称呼他)周围,坐的,蹲的,半躺在地上的,或侧着脑袋,或头枕着膝盖,听着吴刚与嫦娥的美丽故事,替孙悟空"三打白骨精"叫好,为林黛玉"葬花"而落泪……我们傻傻地听着,默默地想着,眼见着一轮圆圆的、淡淡的月儿从东方的天幕边探出了头,从村口的那棵老槐树的树梢徐徐升起。我们目不转睛地看着亮亮的圆月,想着月亮上那无比美妙的故事。

夜静得出奇,听得见风儿摇动树叶"沙沙"的响声、田野里蟋蟀的鸣叫声以及村边涝池里癞蛤蟆的哀鸣声。

夜深了,从地上爬起,拍打拍打屁股上的黄土,一个一个地回到自己家里。进了家门,会有一股香喷喷的味儿扑鼻而来。

那会儿,家乡人穷,要想见到各式各样的月饼是不可能的,亲口品尝,简直是一种梦想。勤劳的庄户人用麦面、玉米面做成一个个糖馅儿烧饼、油馅儿烧饼,一家人围坐在一起,以这种朴素的方式庆祝着这个传统的节日。

咬一口香喷喷的饼子,尽情地品尝着生活的甘甜,说一些油盐酱醋的家常话,体会着人世间"团圆"的深刻含义。

中秋的月儿真美,诗情画意的中秋之夜会使人产生无限的遐思和幻想,我幻想着以后能把这美好的日子作为自己的结婚之日,后来,我的幻想变成了现实。

记得那年中秋结婚之时,一大早,天空便洒洒脱脱地飘了一会儿细雨,凉飕飕,湿润润。一会儿,雨停了,太阳透过密密的云层送来了丝丝暖意。傍晚时候,云散去了,月亮从天边的云际升了起来,露出了她红红的笑脸。我的心情豁然明朗起来,携了妻子来到公园。带着新婚的喜悦,我们轻轻地走在湖边的石板路上,憧憬着我们无限美好的幸福生活。妻说:"以后我们每年中秋之夜就来这里,静静的,只有我们两个人庆祝我们的结婚之日。"我说:"好啊。"妻依偎在我的肩上,脸上洋溢着甜蜜的微笑。可是,我食言了。由于我工作的原因,一年一年错过了和妻子赏月庆祝结婚纪念日。每到这一天,我的心里总有一种对妻子的歉疚。

前几天,妻子又对我提及今年庆祝结婚纪念日的事情,我苦笑着说:"到时再说吧。"妻说:"你可不要后悔了。"我瞪大眼睛看着他:"什么意思呀?"妻子看到我紧张的样子,"咯咯"笑了,做了个鬼脸说:"前几天看《华商报》,看到美国和俄罗斯打算要在月亮上建立基地,我们中国明年也要发射绕月飞船,印度和日本好些国家都有登月计划,如果月亮上都建成了基地,都变成了建筑,我们还怎么去寻找吴刚和嫦娥,那只玉兔也早就跑得不见踪影了。到时,月亮也就不是现在的圆月了。"

"啊,你怎么想这么多?看来,这个顾虑是你第一个想到的,应该申请知识产权保护。"我嬉笑着说,"也是呀,以后月亮上说不准就变成毁灭宇宙的武器库了。"

说笑归说笑,我们确实应该珍惜中秋月圆之夜,尽情去感受那神话般的美丽。如果月亮以后没有了现在的圆、现在的亮、现在的神韵,我们的中秋之夜还不知成什么样子呢!

(2007年9月17日)

痛别父亲的日子

本来我不想回忆这段日子,更不想提及这段日子。虽然这段日子并不是很长,仅仅几天的时间,可是,在我的心里,却留下了最痛苦、最难忘的印迹,如同斧凿刀刻。要不是偶然碰到父亲的同学——一位八十岁高龄的老人,我还是不愿重复那段痛苦的回忆。

周六中午,岳父母搬了新家,家人小聚庆祝。等我从温暖的被窝里爬起,急忙驱车赶到预定的饭店时,岳父母及妻兄弟等已经围桌而坐,妻子和儿子也早早坐在了位子上。同时,还有两个不认识的老人。我还没有坐稳,岳父便连忙给我介绍坐在上座的两位老人。原来是从礼泉县离休后随儿女居住在咸阳,和岳父同属于礼泉离退休老干部咸阳党支部的成员。他们的组织生活开展得还蛮丰富多彩呢。听说我也是礼泉人,那位姓曹的老人便问我的乡、村所在,并询问我父亲的名字。虽然老人已经八十高龄,但视力听力都不错,精神蛮好。当听到父亲的名字后,老人目不转睛地看着我,少顷,说:"我和你父亲是同学啊"。人老了,话也就多起来,不管饭桌上有多少人,他自顾自絮叨了起来:"我们一班二十来个同学,年龄相差悬殊,记得你父亲大我好几岁呢。你父亲人好,爱说笑。"老人眯缝着眼睛,好像回到了新中国成立前他们一起上学的时候。接着,老人用手比画了一个手枪的样子:"你父亲一九四八年参加了共产党,新中国刚成立就被派到彬县公安局,他枪法准哩。"

我也听父亲说过,并且不止一两遍。父亲在公安局工作不久,就担任治安股长,参加了多次剿匪行动。因工作需要,一九五八年又调任彬县水工队队长。一九六三年,父亲响应党的号召回到老家,担任大队党支部书记,带领乡亲们战天斗地,为社会主义建设出尽了力,流尽了汗。一院土墙,三间瓦房,是他留给我们的全部家当;"面朝黄土背朝天",是他为子女开创的生活之路。父亲担任大队党支部书记直到八十年代,六十多岁的人了,实在力不从心,多次向上级党委要求,才从支部书记的岗位上退了下来。

我和妹妹还在上学的时候母亲就过早地离开了我们,父亲强忍着内心的悲痛,不但要操心地里的农活,还要为我们上学操心。他经常鼓励我们说,只要他在,就不会让我们兄妹失学回家,念不起书。

父亲老了,实在干不动农活了,就常常坐在家门口,看着通往村口的路。那会儿,我虽然工作繁忙,但每隔几天都要挤出时间,开车回家,把父亲拉到县城,为父亲理理发刮刮脸,吃顿羊肉泡馍,尽做儿子的一点点孝心。

二〇〇二年九月的一天深夜,老家突然停电了,已八十二岁的父亲想喝口水,摸索着下床时跌倒在地,疼得直呻吟。接到哥哥的电话后,我连忙开车赶回家里,连夜把父亲送到县医院。医生拍片后确认,臀部粉碎性骨折。怪不得一辈子好强的父亲呻吟不停呢。当晚,从县医院外科退休的叔父看了看父亲的病情,建议先让父亲回到家里,他次日回来给予固定,保守治疗。

　　如果照叔父的话去做父亲没准就好了,起码也不会那么快就离开了人世。现在想来,是我害了父亲啊。当送父亲回到家里时,父亲睁着浑浊的眼睛不停地看我,几次想说什么,却没有说出来,只是连声呻吟,唉声叹气。次日一大早,父亲终于对我说出了他临终的最后一句话:"娃呀,不怕,钱不够,我那板柜里还有两三千块钱呢。"我突然鼻子发酸,眼泪流了下来。我知道父亲的意思,他以为我们舍不得花钱而把他从医院拉回家里,"大(爸),不是钱的事啊。"

　　离开了家,我赶紧和咸阳的大医院联系,找知名的医生进行咨询,看父亲这么大的年龄能不能进行手术治疗。当得知有家医院前几天为一位八十六岁的老人做了手术,老人恢复良好的信息时,我感到父亲的病有了希望。我立即和这家医院的主治大夫取得了联系,将父亲的病情告诉以后,大夫十分有把握地说:"治疗好问题不大。"

　　我也听人说,如果保守治疗,父亲整天躺在床上,过不了多久,身体会生疮腐烂,会引发别的疾病,也是很危险的。

　　回家把去医院咨询的情况对父亲说了,父亲一个劲儿点头,挣扎着就要起身,立马要随我走。给叔父打电话联系,叔父说:"能做手术就更好。"意见取得一致后,我赶紧给那个医院打电话,让派救护车来接父亲。

　　说也怪,父亲摔成粉碎性骨折的时候,我也正害病。一连几天没有大便,当时把这没当回事,也没有好意思对别人讲,肚子胀的不敢吃饭,不敢睡觉,好像也一直在发着低烧。那天把父亲安排在医院住下后,医生就通知第二天手术。哥哥说他晚上在医院陪护父亲,让我回家休息。次日,天还没有亮,我又发起烧来,而且肚子更加胀痛难受,吓得妻子不知如何是好。快八点时,妻子扶我挣扎来到离家比较近的一家医院看病。医生看到我涨红的脸,也有些急。当得知我多日没有大便后,赶紧安排给我灌肠排泄,折腾了一个多小时,我终于走出了治疗室,虽然有些眩晕,却轻松了许多。随后,急急忙忙地赶到父亲住的医院。

来到父亲病房,不见了父亲。赶紧跑到手术室门外,看到哥哥和闻讯赶到医院的姐姐已经在手术室门外等候,父亲已经上了手术台。父亲的手术做了将近五个小时,我们姐弟几个在手术室门外苦苦等待了五个小时。我们期盼着父亲的手术能够顺利,我们期盼着父亲经过手术后不久就可以站立起来,独自行走,我们期盼着父亲能够渡过他人生这一道艰难的坎儿。

父亲的手术做完时,已是下午一点多钟。父亲被护士从手术室里推了出来,鼻孔插着氧气管,手上扎着针。躺在病床上,父亲转动着眼珠,看见了我们姐弟几个,张了张嘴,却没能说出话来,几滴老泪从他的眼角滚落到耳根。三个姐姐不停流泪抽泣,我也一阵难受,转过身去,偷偷地抹掉了挂在脸颊的泪珠。

主治大夫悄悄地对我说:"手术前,看你父亲的精神非常好,身体也不错,想着手术一定成功。没想到,手术时,发现你父亲骨质松散得非常厉害,骨折处很难固定,所以用了近五个小时。"

我没有说什么,我知道大夫的心情和我们一样,也想把手术做到最好,也想让他的病人很快站起来。我想,不管手术时间长短,只要父亲能够很快康复就行。

谁料,手术后一连两天,父亲痛苦得连声呻吟,没能说出一句话来。

到了第三天,父亲的呻吟声微弱了许多,只是不停地喘气。他喉咙里卡着一口永远吐不出的痰,到了最后,那口痰似乎越滚越大,堵住了父亲的喉管,让父亲不能喘息。

哥哥悄悄地对我说:"父亲怕不行了,赶紧送回家吧。要走也要从自己家里往出走。"给大夫说了我们的想法,大夫查了父亲的血压,说:正常着呢,还是在医院抢救治疗吧。并说他们有信心把父亲的病看好。这样,我们又在医院多待了一天。第四天上午,我来到父亲床边,父亲努力地睁开眼睛,定定地看着我足足有四五分钟,嘴唇动了动,没发出一点声音。我猜测父亲要对我说些什么,却始终没能说出话来。

我和哥哥商量无论如何要接父亲回家。就在当天,我打电话让朋友找了一个技术好的理发师,带到医院病房为父亲理了发,刮了脸。下午四点多钟,我们把父亲抬上医院的救护车,一路护送父亲回到家里。路上,大夫和护士还一直给父亲挂着吊瓶,吸着氧气。

把父亲安排在他那间屋子的床上躺好,护士给父亲挂好吊瓶,大夫又把了把父亲的脉搏,说是正常。然后交代了护理病人的一些基本常识,他们就坐救护车回咸阳了。

送大夫们走后,我和哥哥回到他的屋子,刚在沙发上坐下,姐姐就在父亲的屋子大声叫我们,说父亲不行了。刚才大夫还说脉搏正常,怎么几分钟的工夫就不行了呢?我和哥哥小跑着来到父亲的屋子,看到父亲静静地躺在床上,用手在父亲的鼻子下试了试,没有了一点气息。我们急忙把父亲抬到在过道临时支起的床上,姐姐把早已为父亲准备好的老衣拿了过来,我们姐弟边哭边为父亲穿好老衣。等几个邻居闻声跑到我们家时,父亲已经停止了心跳,永远地离开了我们。

趴在父亲的遗体上,我们痛哭流涕。我捶胸顿足,悔恨不已。父亲,是我害了你啊,如果保守治疗,父亲啊,你或许还活在人间。

父亲的去世成了我永远的心病,就像一块石头一样始终压在我的心上,让我常常感到一种无形的自责。我知道,父亲能够理解我当时的心情,也极力赞同我当时的做法。可是,作为儿子我不能原谅自己,永远不能原谅……

父亲离开我们已经五年了,我时时刻刻地想念着父亲。只是,父亲离开我们那段痛苦的日子我永远都不愿意提起。

(2007年11月20日)

迷茫的"情人节"

近几年,"情人节"这个西方社会的产物随着我国的对外开放,随着我国市场经济的发展逐渐进入到我们的生活之中,也被越来越多的年轻人所接受。到了这一天,街上的年轻男女成群结队、说说笑笑,欢快地庆祝着这个不寻常的节日。街上处处可以看到鲜艳的玫瑰和扎着红丝带的小礼盒,空气中到处弥漫着化妆品的异香与玫瑰花的芳香……

"情人节",这个西方社会的节日进入中国,丰富了国人的生活,给已有的婚姻家庭产生了很大的影响。

没有去过国外,也不知道国外的人们怎样去

过"情人节"。

"情人节"那天,下班的时候,碰见一个朋友,问我要去哪儿。我说,回家啊。朋友笑着说:"不正常。""怎么了?"我问。他说:"情人节这天按时回家绝对不正常,肯定有情人。"我糊涂了:按时回家就不正常,难道不回家就正常了?我没有听朋友的话,还是按时"正常"回到家里。

妻子和她几个相好的朋友在一个KTV里唱歌,让我也过去。我没有答应,我怕我那狼嚎一般的嗓音吓跑了KTV里所有的客人。妻子出了KTV,来电话让我去接她。那天格外的冷,刮着"呼呼"的寒风,我们在外面也就没有停留,直接开车回家了。

回到家里,妻子连我理也不理,进了卧室,打开电视,一句话也不说。

"怎么了?"我问。还是不说话,也不做晚饭。

我在冰箱里找了碗不知什么时候剩的米饭,炒了,分作两份,叫她去吃。"什么时候剩的米饭,能吃吗?"她说。我没有言语,端了碗来到客厅,自顾自地吃饭。

我不知道妻子又犯了什么毛病,我想,我没有惹她生气呀。再一想自己在外辛辛苦苦上班,一天到晚忙个不停,工作上好多繁杂的事情弄得我焦头烂额,回到家里看到的是冰锅冷灶和妻子冰冷的脸,越想越生气,一个人躺在客房,捂着被子睡了。

一夜无话。次日一大早去卫生间刷牙洗脸。妻子闪了进来,给我面前的洗脸盆边放了一个用粉红色丝带扎着的小盒子,又转身走了。我斜视了一眼那个盒子,没有动它,洗完脸,穿了外衣,出门去了单位。

中午,在单位食堂吃完午饭,准备休息,妻子打来电话。本不想接,却怕激化矛盾,有违中央"构建和谐社会"的精神,于是,接通电话。妻子说,中午包了饺子,让回家去吃。"吃过了。""吃的什么呀?""气!"我没有好气地回答。妻子在电话那头说开了:"你真不知道浪漫,昨天情人节,也不给我送玫瑰花,哪怕一朵也行。你看人家张姐,我们在唱歌,她老公送了一大束玫瑰给她,看人家多幸福。"

哦,我猛然醒悟过来,原来妻子因这个生我的气啊。我也真的好糊涂啊,昨天"情人节"怎么就忘了这个呢?可是,以往的"情人节",我也没有送她玫瑰,怎么就那么顺顺当当的过来了呢?——这个让人迷茫的"情人节"啊!

今天中午,回家吃饭,妻子把丢在洗手间的那个小盒子递到我的手里:"打开看看,给你情人节的礼物。"在妻子的目光注视下,我解开粉红色丝带,打开外面的一层印有英文字母的包装纸,一看,原来是一瓶男用养颜霜。看看瓶子,很精致。"买这个干什么,我从来就不用什么霜啊、膏啊之类的东西,你知道的。再说,像我这么黑的脸,就是整天泡在增白液里也变不白。"

妻子说:"这个你一定要用,这是我的一片爱心啊。"——好浪漫的妻子!

我想,我们结婚已经多年了,因为工作关系,我经常在外奔波,风吹雨打,烈日暴晒,使我的皮肤越来越粗糙,晒得黝黑,妻子怎么就不早早地想到给我"养颜"呢?在这个特殊的日子,妻子给我送来了一份不同寻常的礼物。

"情人节",这个迷茫的节日,究竟怎么过好?!

(2007年2月17日)

闯大祸了

　　小的时候,到了冬季,北方农村特别的冷。北风呼啸,雪花飘飘,光秃秃的树梢上,农家屋檐的瓦楞上,到处都是长长的冰溜子。记得放学回家,进了家门,急急忙忙地跑进灶房,把手放在灶火上翻来覆去地烤,直到手指能够伸直,感觉不到一丝的冰冷才离开灶火。可是,手从灶火上移开不久,又冰得像石头一样。

　　那会儿家里穷,很难吃上精粮细面,早上在学校上课,就想着家里的苞谷粥。那苞谷粥用细火熬得黏糊糊的,金黄金黄,吃到嘴里,特别的香甜。如果再就上酸黄菜,更是妙不可言。

　　兄弟姐妹多,饭熟的时候,都围在锅台边等着吃饭。不过,第一碗饭必须先端给父亲,这是家里一条不成文的规定。快到吃饭的时候,父亲就稳坐在门道那个小饭桌旁,等着我们把饭给他端去。当然,端饭的任务大多落在三个姐姐的头上。如果有谁先端了饭碗,让父亲知道了,少不了挨顿臭骂。

　　小时候吃饭,单怕饭碗没有端好,掉在地上。摔破了饭碗,那可是了不得的事情!农村人迷信,认为摔破了饭碗不是什么好兆头。父亲如果知道谁摔破了碗,便会毫不留情地一记耳光。那会儿,我如果一不小心把碗掉在地上摔破了,母亲赶紧先关了灶房门,怕父亲知道。她会一边收拾摔碎的破碗,一边念叨着:"你闯大祸了。"当然,我也吓得发抖,单怕父亲的巴掌落在我的脸上。但是,一旦父亲的巴掌抡过来,母亲总是用她那瘦弱的身体极力去挡。为此,她也挨了父亲不少怒骂。

　　于是,我常常担心"闯了大祸"。

　　后来,我们慢慢地长大了,父亲也慢慢地变老了,他也就很少打骂我们了。现在,母亲已经离开我们有二十三个年头,父亲也在五年前去世了,但是,我依然常常回忆起"闯了大祸"的情景。只要一听到"闯大祸了"之类的话,我就条件反射似的身子发抖。

　　我常常努力地去改变这个不好的习惯,我也努力地不去想"闯了大祸"的事情。可是,等自己的心态调理得平和之时,总有特别的事情进入我的梦境——我"闯大祸了"。

　　也许是我常有担心"闯大祸"的恐惧之心,所以我的命运反而特别的好,每次"大祸"都会在我这儿变成"小祸"或者风平浪静的"没祸"。当那自认为是"闯了大祸"之时,噩梦醒来,看到的是一轮朝阳悬挂在东方的天空之中。于是,在庆幸自己好运的时候,忘不了感谢帮我渡过难关,替我遮风挡雨的朋友。是你,是他,还是她?——我永远都记在心里的朋友。

(2007年9月6日)

湖边漫想

星期天早上,睁开眼睛,还躺在床上,感觉空气格外的沉闷。本来想好好"背背床板",享受享受这难得的懒觉,却由于这沉闷的空气而没有了丝毫的睡意。妻打开窗户,有一丝凉风刮了进来,微微吹醒了我发昏的头脑。看看天空,阴沉沉、灰蒙蒙的一片,似乎要下雨的样子。连日的高温让人急盼能下一场好雨,或者有一场短暂的阵雨也行。只要能飘洒下一些雨滴,只要能驱散这空气中的酷热和沉闷。

妻见我从床上坐起,轻声说道:"去湖边走走。"我点了点头,她显得很高兴的样子。后来,从湖边回来,她告诉我说,她很高兴,没有想到我这么痛快地答应了她的请求。由于职业的缘故,工作以来,很少陪妻子逛街散步。好不容易到了星期天,就想把那些失去的睡眠补回来,于是,妻子也知道了我回家就大睡的习惯。她万万没有想到,我这次居然答应了她,而且如此的干脆。

从我们住的小区出来往南不到百米,横跨一条东西马路就到了咸阳湖边。咸阳湖刚蓄水那阵子,湖边还是破破烂烂的待拆的建筑和光秃秃的黄土堆,但很少见过"湖"的模样的城乡居民奔走相告,扶老携幼,你簇我拥地来到湖边看湖,看水,看热闹。怕发生危险,我们几个派出所轮流来到湖边值勤,宣传疏导。那之后,就难得再有雅兴来湖边散步游览了。

当妻子挎着我的胳膊(以前谈恋爱的时候都没有过),站在新修的湖边堤坝的青砖路面上时,我的心情忽然开阔明朗了起来,也不由得产生一种激昂兴奋的心情,而这种心情我已经很长时间没有过了。在我的眼前,呈现出一片一下子难以表述的美景。由于妻子和小区几个大嫂常来湖边散步,对湖边观景小路了如指掌,也就毫不谦虚地给我当起了导游。她拉着我的手顺着用大树根的断面做成的台阶下了堤坝,走上了一条鹅卵石铺成的弯弯曲曲的小道。两边不时出现各色各样的鲜花,有红的月季、黄的兰花等,它们一片一片连接在一起。每片花儿又有着各自不同的造型,可见园艺工人们的匠心独运。走过花的天地,来到了栽种小松树、小柏树的区域,但见株株小树郁郁葱葱,巍然而立,我不由得想到小学课本里学到的《松树的风格》那篇文章,也就是那篇文章使我每每看到松树都会浮想联翩,都会有一种崇敬的心情。

小路两边,还设计了各式各样的椅子,供游客们途中歇息之用。从小路走过,偶然打扰了路边椅子上卿卿我我的年轻男女,我突然产生一种做错事情的感觉。于是,催妻加快步子,来到宽阔的湖边广场上。

咸阳湖是紧依渭河而修建的一个人工湖,既可美化咸阳古城容貌、调节咸阳市区干燥的气候,也可起到旱时蓄水、涝时泄洪的作用。据设计者说,咸阳湖的功效还远远不止这些。这时看咸阳湖,只见一眼望不到边的湖水随风波动,撞击湖岸掀起朵朵浪花。灰蒙蒙的天幕下,湖水有些浑黄,一波一波的滚动中却显现着积极向上的活的气息。湖中游弋着一条船,船上雕龙刻凤,听得见船上游客高兴的话语和孩子们兴奋的尖叫声。岸边的游人不是很多,三三两两,悠闲自得。

湖边有好几处开阔的场地,设计也是不尽相同,都有各自不同的特点。加之各个码头不同的形状,给人一种美好的想象和向往。

在岸边一个连椅上坐下,打了一个很长的哈欠,忽然产生了很强的睡意——周末的懒觉还是没有躲过,也忽然明白了"瞌睡要从眼里过"的道理。妻看了看我,无可奈何地摇了摇头。于是,我趁势靠在妻的肩上,微闭双眼,却看到灰蒙蒙的天空中闪烁着星星点点的亮光。湖上湿润凉爽的风儿吹来,轻轻抚摸着我的脸,带给我无限的惬意。感觉身上有些冰凉,便对妻子说:"带来一条毛巾被多好。"妻无奈地笑了:"你是干什么来了。"我也笑了,笑着笑着睡着了,在睡梦中回到了小时候,回到了农村夏夜土屋门前的空地上……

妻和我回到小区时,看到周围烟雾蒙蒙的,闻到有些呛人的味道。正在纳闷,门房大嫂说:是郊区农民烧麦秸茬儿造成的,电视上都报道了呢。我明白过来了,每年夏收时都一样,政府都派人日夜防范,可今年怎么就比往年又厉害了许多呢?刚在湖边怎么没有这呛人的烟味?我想,这可能就是设计者说到的咸阳湖另一个功效吧!

(2007年6月16日)

离开家的时候，
天堂的父母要留下我

今天是龙年初一，一大早携妻儿回了老家。老家离我所在的城市不远，也就二十五公里的路程。我提前和大姐、三姐说好，我们一起回家。大姐和三姐也居住在这个城市，由于过节来往客车很少，只要我回家，肯定要拉上她们的，她们乘车很不方便。

老家有个习俗，大年初一是祭拜新灵的日子。所谓新灵，就是家里有长辈去世未满三周年，在这期间，每年正月初一亲戚先要去这个家里，在去世长辈的灵前点香烧纸以示纪念。

由于亲戚中长辈较多，我工作以后，几乎每年的正月初一都要去祭拜新灵。以至于妻子埋怨说,结婚以后,就没有好好过上一次年。我也苦笑摇头,无可奈何:呵呵,嫁鸡随鸡,嫁狗随狗嘛。

　　大姐和三姐早早在路口等候,等她们上了车,没敢多停,急急忙忙往老家赶去。

　　一个冬天没飘丁点雪花,气候干燥,无数的有害颗粒侵扰着人们的健康,医院里躺满了打吊针的人,我也因干燥的空气弄得一连几天咳嗽不止,喉咙里老有吐不完的痰。还好,大前天一场大雪,把这乌七八糟的空气清洗过滤了一遍,一下子,咳嗽止住了,痰也不见了,精神好了许多。然而春节来临,大雪却给出行的人们造成了不便。这不,我们十点多出发,原来半个小时的路程,走了一小时二十分钟。

　　兄长已经在门外迎候。下了车,先和乡党邻里寒暄问好一番,进到屋里,还没坐定,兄长就说要去走有新灵的亲戚。老家这边是一个去世的九娘,大姐和三姐她们就是走九娘这边亲戚的。兄长要我去的是十里以外的舅家,是一个伯叔舅的新灵。由于下雪路滑,妻儿都不愿再去舅家。我想也好,我和兄长快去快回。于是,我的车子放在老家门外,乘坐兄长的车去走舅家。

　　兄长小心翼翼地开着他的车,我提心吊胆地坐在副驾驶座位上。一路上,不管是走着的、骑摩托的还是开车的,都是小心翼翼的,看起来摇摇晃晃的,一不留神,行人就有跌倒的,摩托就有侧翻的,眼见有三四辆小车开进了路边的果树地里。兄长以防万一,绕了很大一个圈,尽量走了一条大道,即使这条大道,依然路滑难行,我有两次感到车头好像直往路边滑去。

　　在舅家没有多停,走马灯似的散完了在超市购买的礼物,在一个表弟家吃了两碗浇汤饸饹,就反身往回走。快到老家门外,儿子就打电话催促了。

　　我知道,他和他同学早早约好了,晚上要吃饭啊什么的,怕我在亲戚家坐的时间长了,误了他的事。

41

我回到兄长的屋子,只说了一句话:"走吧!"

其实,看看时间,还不到三点。

大姐她们上了车,我正要开车,却发现车前面一个轮胎没气了。我很诧异:来的时候好好的啊,就在门外停了两个多小时,应该不会有什么问题啊?但没气却是事实。我一下子蒙了:这可咋办啊?突然想到车后备厢里的备胎,不过,还是很忐忑不安:一年多没用了,不知备胎还有没有气。

取出备胎一看,还好,有点气,凑合能跑。邻里乡党急忙拿来他车上的千斤顶和套管,几个人搭手,三下五除二就把备胎换上了。他们换轮胎时,竟没有让我插上手,站在一旁看着他们把轮胎换好。

说了几句客套的话,发动车子往回走。真怪了,好好的,汽车却多次无缘无故地熄火,一路上走走停停,将近五点,才回到了我所居住的城市。驶入市区,车子熄火的问题却再也没有了,利索得很。

儿子说,咋怪了呢。我没有说话,等送完大姐三姐,回到我居住的小区,才给儿子解释车子轮胎和熄火的现象:"那是你去世多年的爷爷奶奶不想让咱们走,想让咱们在老家多停几天。"儿子没有说话,他根本就没有见过他的奶奶,他的妈妈也不曾见过。因为,在我还读高中的时候,母亲就去世了,他们哪能见到!

妻子说我迷信,是车子老了,毛病多了。我却不这样看,我还是坚持说,就是去世多年的父母想让我在老家多待几天,在他们身旁多陪几天!

我忽然想到,是不是因为前天的大雪封住了我回老家烧纸的路,以至于我在大年三十没能到父母的坟前为他们点香烧纸,让去世多年的父母多了一份惦记和牵挂!

……

每到佳节倍思亲。我可怜的父母啊,你们已经为儿女操透了心,但愿在天堂能幸福生活。

我常听说,天堂比人间美好!

亲 情　QIN QING

清明节,说给爸妈的话

爸、妈,清明节到了,本来想回家去看您二老,本来想在您二老的坟前烧几张纸,本来要给您二老的坟上培几锨土,也早就想在今年的清明节给爸的坟头栽一棵柏,可是,轮到我值班,没能了却我的心愿。

妈不知道我的工作,因为您离开我们太早了,以至于以后的事情您都不知道,包括我现在的警察职业。爸知道,爸也从事过这个职业,一定会原谅我这个不能回家的儿子的。

老家其实不远,就半个小时的车程,可是,警察这个职业不允许我脱离自己的岗位啊。

爸、妈,我知道,在老家那个地方,已经没有了你们的身影,也没有了你们的足迹,你们已经去了另外一个地方。可是,做儿女的怎么也找不到天堂的大门,更是无法看到你们的容颜,也不能听到你们叮嘱的话语。只好还是回到老家那个地方,在你们的坟头,烧几张纸,寄托儿女的哀思。

我没能去你们的坟头,我没能点燃那几张烧纸,可是,爸妈啊,我现在通过网络正在跟你们说话,说着我心里的话,带去我深深的哀思。

爸妈啊,天堂和人间是否也连通着网络,如果有,爸妈啊,我也相信您二老一定正在电脑前看着你们的儿子。可是,爸妈啊,您二老不要为儿子憔悴的面容担心伤感!

爸妈啊,我保证,明年的清明节一定回到老家那个地方,去你们的坟头,多燃几张烧纸,把今年的缺失弥补回来。说好了,爸爸妈妈,明年的今天,在老家那个地方,儿子去看您二老。

爸、妈,天堂到咱们老家远吗?

(2010年4月5日)

三　姐

　　由于平时工作繁忙,很少能有空和姊妹们坐在一起拉拉家常,絮叨絮叨心里的话儿。每次都是急急忙忙去,匆匆忙忙走。有时,连喝一杯茶的工夫也没有。姐姐哥哥抱怨说:"你每次都和打仗似的,那么急。以后忙了就不要来了。"我知道,他们说的是气话。嘴上这么说,心里却巴不得我能多和他们待上一会儿呢。

　　父母双亲都离开了人世,这世上,也只有和姊妹们在一起时,才能感受到亲情的温暖,亲情的宝贵。其实,姊妹们相距并不远,三姐还和我在一个城市呢。城市虽然不大,可我和三姐见面的机会还是寥寥。

三姐大我六七岁。小时候,父母和大姐二姐他们都在生产队劳动。大姐和二姐虽然只有十五六、十六七岁,但是,为了挣那养家糊口的工分,她们那么小的年纪,就要和村上的大人们一样,起早贪黑,在希望的田野里挥洒汗水。不管多累多苦多脏的活儿都得去干。修筑宝鸡峡引渭灌溉渠,两个姐姐半夜三更起床,带上硬得和砖头一样的窝窝头,去三十多里外的汧河拉石头。等到晚上星云密布,天黑得伸手不见五指的时候,她们才拉着满满的一架子车石头回到村里。满脚底都是磨的血泡。大人们都去参加劳动,照看我的重任就落在三姐的身上。小时候我体质差,隔三岔五发烧感冒,为此,三姐没有少挨父母的责骂,怪她没有把我照看好。

　　上小学了,我还是那么的弱不禁风,每次都是三姐牵着我的手去上学。还是和小时候一样,生怕我的脚下没有走稳,跌个仰面八叉。我们上的那个学校初中和小学在一起。在学校里,经常会看到三姐站在长条凳上写黑板报。三姐的字写得既娟秀工整又苍劲有力,常常得到全校师生的赞美。小时候上学,我比较贪玩,学习成绩总要从成绩单的后面去找,气得班主任老师直骂我:"不可思议,你竟然和袁桂荣是亲姐弟?!"

　　袁桂荣就是我三姐的名字。那时候,因为我的原因常常闹得三姐脸上没有光彩。虽然三姐学习刻苦用功,可是,由于家里繁杂的家务,三姐的学习也受到了很大的影响,以至于高考时以几分之差而无缘进入大学。凭着三姐的那份天赋,凭着三姐学习的那个用功劲儿,再复读一年完全可以考上一所很不错的大学,然而,家里的现状却没能让三姐做出复读的选择。已经吃上"返销粮"的家里急需有个劳动力来改变这种现状,三姐只好放弃了自己的学业,背着铺盖回到了农村这个大天地里。

　　三姐良好的品格和优异的学习成绩,再加上那一手的好字,在紧邻的几个村子是有些名气的。她从学校回来没有几天,我们那个学校的校长就找到我家门上,他想聘请三姐去学校当民办教师。那时候,民办教师的工作在回乡的高中毕业生里非常抢手,不但不用冒着炎热酷暑和数九寒冬去田地里劳动,而且还能挣到很高的工分,偶尔,学校还会给上五角、一元的补助。校长找来,三姐自然愉快应允。于是,在我上过学的那个学校又经常可以看到三姐的身影了。

三姐的婆家和我们邻村。姐夫参加过对越自卫反击战,后来被安排在我所在的这个城市的一个工厂上班。厂子不怎么景气,每月的工资仅能保证家里的基本生活。

三姐有三个儿女,负担重些,也早早离开了她所在的那个学校。记得我还在上警校时,每次回家,都要去三姐那里看看,吃上一碗非常可口的西红柿汤泡馍。在那个时候,能够吃上一顿三姐亲手做的可口饭菜也是我的一种享受,即便是那一碗普通的西红柿汤泡馍。

后来,三姐也来到了我们这个城市。先是住在姐夫单位分的那个小小的一间单人宿舍,再后来,搬到了姐夫单位新建的一栋家属楼里。因为钱紧,她只好选择了那栋楼的最高一层最小的一套单元房。

三姐在一个道路施工单位上班,多年以来,没白没黑,往返在施工工地和居住地之间。不管艳阳高照,不管刮风下雨,也不管寒冬腊月,她无事从来不向领导请假。她知道,他们单位是按工计酬,她怕由于自己的请假或者旷工而少了那本来就不多的一天的工资。

三姐苦命。去年春天,三姐在施工工地被一辆送白灰的自卸车从身后撞倒,造成脚踝骨骨折。疼痛谁也代替不了,只有她自己硬撑硬受。可那送白灰的车主是市郊的农民,本来买了辆旧车想赚些钱,没想到却把人撞了。刚开始还积极给三姐拿钱看伤,也让他的妻子来医院照料三姐。后来,那车主看医院花费太大,女人离开后,再也不来医院了。

也真奇怪,别人伤筋断骨,有个百十天也就好了,三姐骨折以后,伤却总不见好。最近,听说已经能够下楼做恢复锻炼了,我才放下心来。

三姐在家养伤期间,不能下楼,不能走动,外甥女就用自己上班积攒的三千多元买了台电脑拿回家,让三姐学习上网。有了电脑,三姐又和外面的世界融合在了一起。

　　三姐也不知从哪儿知道了我的博客名,就在网上搜索。于是,我的工作、生活、心理动态三姐都能粗略掌握。三姐也成了我博客里的常客。

　　前几天去看三姐,才知道三姐在养伤期间断断续续写了好几篇文章,都贴在她的空间里,而且还有一大批崇拜者呢。

　　三姐的字体优美,三姐的文章也清秀娟丽,如潺潺流水,让我这个自诩的业余作家自愧不如。

(2008年10月28日)

往事·警界

从警路上，几多艰辛，但我始终如一地爱着这个职业，无怨无悔……

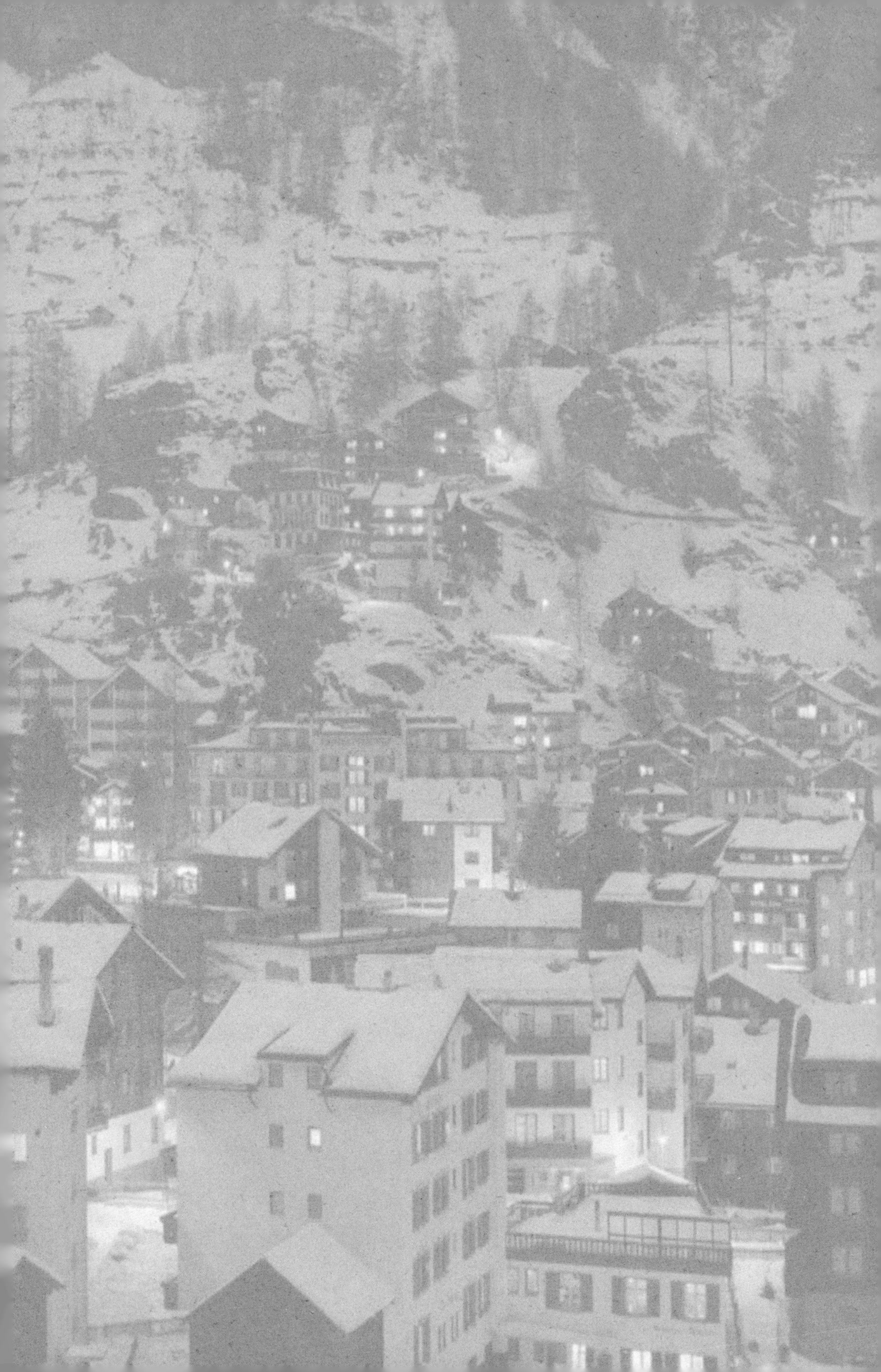

值班日志（一）

晚上去值班室，看到值班室桌子上放着三个钱包，有一个是空的，另外两个里面还有各种各样的卡，银行卡、美容卡、信用卡等。其中还有两张银行存单，一张定期的，存额三万多元，一张定活两便，存额两千多。我问是谁放在这里的，值班的干警说，下午110送来，说是一个清洁工在草坪里捡到的，就拨打了110。值班干警继续说，是上一班接的警，没有移交，可能是下班急，给忘了。我一听就特别生气，人家清洁工捡到的，里面还有失主的医保卡、银行卡、社保卡和存单，失主肯定很着急。咱抓不住小偷，不知是在哪儿偷窃的，但是，咱总得赶快找到失主，把这些卡尽快发还啊！

谁都知道,有些卡比少量的现金还重要呢,难补办啊。

给上一班值班的干警打电话,他已经在家休息,我没有客气,劈头盖脸训斥了一顿。他急着解释说,快下班时,又接到一起打群架的案子,急急忙忙处理,就把这个给忘掉了。哼,明天上班来再说,咋接的警,咋服务的群众啊?!为啥能忘掉这么大的事情?真是的,谁丢了东西不急啊!最起码也得让他写书面检查。

我和值班的老亓把三个包拿进我的办公室,打开包,拿出一张张卡和存单,尽力在这些卡和存单上搜寻失主的信息。同时,打开人口信息网,一个一个检查比对。终于,经过两个多小时的忙活,已经联系到了一个失主,她是我们辖区的一个居民,通过她们小区的保安找到了她。还好,她说包里也没什么值钱的东西,就是那张医保卡,丢了很难补办的。她说,今天太晚了,她明天就过来拿。

还有一个钱包的主人,已经查到她的家庭住址了,是四十多公里以外一个县上偏远农村的女子,她可能是来这个城市打工的。和她户籍所在地派出所值班民警联系上了,那民警说,拨打她们村干部手机,已经关机,明天一大早,他们开车过去找这个女子的家,让失主及时和我们联系。

坐在办公室,凭借便利的网络通信工具,很快找到了两个失主,我和老亓都很高兴。

那两张存单的主人,我们根据存单上的名字以及存单上储蓄所的地址,已经找到失主的地址,让辖区派出所值班干警去她家。家里无人,值班干警说,他明天一大早就再去找,争取尽快找到。如果这个人真是失主,我们就可以长舒一口气了,乖乖,存单上几万元呢。

做完这些,已是晚上十一点钟,想想快要找到这几个失主,心里感到轻松多了,但随即又被一种莫名的烦恼困扰,心里犹如灌了铅一样沉重。失主来了,我们怎么对她说?如果人家要问,小偷抓住了吗,被盗的钱追回来了吗,我不知怎样回答。心里很忐忑,很不安。既着急想找到失主,又怕见到失主的面。

我在做一件难以说出口的事。

(2011 年 11 月 19 日)

值班日志（二）

　　轮到我们这个班今天值班。最近一段时间，由于南郑县发生幼儿园孩子被杀伤惨案，从上到下，从中央到地方，对中小学校和幼儿园的安全非常重视，各种会议接连召开，各种检查应接不暇，到头来，这安全的重任却实实在在落在了基层派出所的头上。

　　头疼医头，脚疼医脚，已是多年形成的惯例。这不，政府一声令下，基层警察大批奔赴维护校园安全的第一线。大家都能看到，每到上学放学期间，身穿制服、头戴钢盔、手执警棒、腰佩枪支弹药的警察、保安站立在学校大门两边，眼睛警惕地环顾着校门的四方，如临大敌！

我们派出所有干警辅警二十多人，一天到晚忙忙乎乎,这次，又派出十一人进驻校园，让正在急速运转的其他工作不得不慢了下来,就连正常的值班也成了问题。这不，我也不得不暂时放弃其他工作,老老实实守在所里和其他民警一道处理突发的案件和求助。

一

四日上午,新疆哈赤公安机关打来电话,称其辖区一个十六岁的小青年给家里打电话,说他在咸阳遇到危险,让家里给银行卡打进一万元,他的危险就可消除。新疆那边说他们根据这个小青年打过去的固定电话号码,查到是在我们派出所辖区,请求我们协查。同时,新疆那边电话告诉说,小青年张成的姐姐张英真和其男朋友已经在赶往咸阳的路上。接到电话,我安排和我值班的另外两个同志先去那个固定电话的机主那儿调查调查,顺便问问周围群众,看是否见到相貌和张成相像的小青年来过。临近午饭时,调查的同志回来说,那个电话是一个话吧的电话,来往人员较多,老板对打电话的人没有什么印象。

吃完午饭,正准备躺会儿,我的手机响了,是分局110指挥中心的电话。接通电话,里面传来接警员的声音:"所长,你们所三丰小区机械施工,把一个人砸伤了,110处警的同志已经在二十局医院急救室。处警的民警说,被砸伤的人有生命危险,你们派出所赶快过去。"

我扣上还没有脱下的警服纽扣,叫了民警小何,开着我那辆老爷车急火火地赶到铁二十局医院。停好车,来到急救中心,却没有见到110处警的民警和那位生命危险的民工。问医生,才知已送往后面五楼骨科,于是,快步走向骨科。在楼下碰见110处警的同志,他们三个也急急忙忙往警车跟前走。带队的那位民警说:"所长,你亲自来了,那这儿就交给你了。"我问:"人怎么样?"他说:"估计危险。"说完就上了车,探出头对我说:"有个村子村民集体去市政府上访去了,指挥中心指令我们赶快过去。"

"好,你们快去吧!"我说。风风火火的,跟打仗一样。呵呵,有点不太恰当,跟灭火差不多。

我和小何乘电梯上到五楼,刚进骨科病房楼道,有两三个人向我们走来。他们介绍说,他们是被砸伤民工的家属。当得知我们是派出所的后,他们说:"你们派出所来就好了,赶紧把那吊车扣住,不能让走!"

我大概问了情况,才知是这么一回事:原来,被砸伤的是我们辖区城中村的一个村民。三丰小区要建一个假山,假山的供货商把假山送来,负责从车上吊下放好,就没有供货商的事了。而这个供货商却恰恰就租住在这个村民的家里。假山运来了,要用吊车卸下,供货商让房主,也就是这个被砸伤的村民找一个吊车,费用他付。结果,这个村民在帮着吊车卸下假山的过程中,吊车吊臂突然掉了下来,正好砸在这个村民的身上。

了解到这件事情的大概情况,我详细询问了医生这个村民的伤情。当得知这个村民两腿和肋骨骨折,生命没有大的危险时,我松了一口气。这不但是为这个村民的家人松了一口气,也是为我们松了一口气。只要这个村民没有生命危险,这个事故就是一般的责任事故,是安监局负责的事情。我把情况向这个村民的家人做了介绍,并告诉他们下午就去安监局报告此事,让安监局来调查处理。

回所的路上,我用手机向分局指挥中心回复了这一情况。接警员说:"不好意思,所长,咱出警的民警没有说清,我这就和安监局联系。"回到所里,看看时间,已经快两点半了,马上就要上班,中午又不能休息了。喝了一杯水,分局指挥中心打来电话:"所长,那件事你们就不要管了,安监局下午就去。"挂了电话,我心里想:多此一举,安监局的事情,他能不去吗？也不怪接警员，假如这个村民真死了呢？

二

下午六点，正准备去对面的小食堂吃拉面，值班的民警告诉我说：分局指挥中心指令，有一个男的打电话报警，说他在杜家堡村123号门前被狗咬了，这家主人锁了房门，也不管他，让赶快过去看看。我说：110处警队干啥去了？值班同事回答：指挥中心说了，处警队的同志去过了，没有找到报警的人。不过，那个男子不停拨打110报警，让咱们再去看看。没有办法，我安排一个民警坚守岗位，接好电话，又叫上小何开车来到杜家堡村。我们停好汽车，从村子西头走到东头，又从东头走到西头，把三条街走遍了，也没有找到这个报警的人。给指挥中心接警员回了电话，说明情况，让再联系那个报警的人，看他到底在什么地方。一会儿，接警员给我回了电话，为难地说：这个报警人好像是外地人，不是咱本地口音，一口咬定说在123号。我说：那就没有办法了，这个村子真的没有这个报警的人。或者，这是一起假警吧?！接警员无奈地说：那你们先回派出所吧！

开车刚出了村口，接警员又打来电话，说那个报警的人在南方市场，不是在杜家堡村。怪不得呢，地址错了，让我们在杜家堡村找上几天几夜也不会找到这个报警的人。

南方市场，全名是"南方轻工业品批发市场"。这个市场是九十年代末期杜家堡村村民建起来的。听说，起初这个市场名副其实，真正经营轻工业商品批发业务，生意还不错。后来，由于地方政府招商引资的需要，让这个市场改变了经营项目，变成了灯红酒绿的"人肉市场"。到了晚上，这个市场灯光迷离，人来人往。那些穿着暴露、涂着浓浓口红、抹着厚厚胭脂的女子成群结队出入市场，惹得周围几十里、甚至上百里的嫖客们屡屡光顾。很快，"南方市场"的名字传得很远很远。

再后来,招商引资的方向有点转换,色情再不能作为引资的资本。公安机关也真正履行起了自己的职责,加强了对色情场所的打击整治力度,一时间,树倒猢狲散,那些成群的妓女如阳光下的露水,顷刻间蒸发了,不见了踪影。南方市场也没有了往日的红火,成了一排排的"烂尾房"。由于"南方市场"的坏名在外,几乎没有人在这里租房经商。于是,这一排排的两层楼房基本成了各种商品的库房。偶尔,也有极个别心怀鬼胎的男人前来这里寻找那些妓女的踪迹。

言归正传。我们开车刚进入南方市场,从空荡荡的院子一眼看去,发现在第三排东头有几个男女围在一起说话。车停在他们附近,下车,看到在第三家门前坐着两个男子。

"就是我报的警!"一个穿白色短袖的男子操着南方口音说道。另一个垂着头,从他们说话的语气和神态中我断定这两个人喝酒不少。

"什么时间喝的酒?"我问。那个穿着白色短袖的男子站了起来,凑到我的跟前,满嘴喷着酒气:"我被这家的狗咬了,打110报警,你们才来,我要找《华商报》记者投诉你们,我还要给西安110打电话,让公安厅督察队来。"我笑着说:"你不管找谁,这件事情还是要我们处理的。再说,你开始报警说错了地方,我们在杜家堡找了你半天,没有找到。"那男子说:"这些我不管,你说,狗把我咬了咋办?"我问:"狗的主人呢?"男子说:"说是去借钱给我打防疫针,把门锁了,可能躲了吧?"我说:"那你赶紧先去打狂犬疫苗,我们去找狗的主人。"男子说:"我没有钱,一定让狗的主人拿钱!"

"这不是才去找他嘛,你先去打针,晚了可就麻烦了。"我说。那男子断断续续说:"死了就死了,我反正要等他。"看说不进去,我和小何去找狗的主人,让他们赶紧去打狂犬疫苗。可是,还没有等到我们找到狗的主人,这边,110却接到狗的主人打来的报警电话,说他的房门让那个被狗咬的男子砸坏了,门上玻璃碎了几片,门框也被踹弯了。我和小何急忙赶了过去。110处警的民警也先我们到达。只见那个被狗咬的男子狂喊："没有人管,我就砸你的东西,谁进门我杀谁!"

看到房门被砸,我很生气,本来正在找狗的主人,这醉汉却砸坏房门,生起事端。考虑那家伙确实酒醉不轻,我对狗的主人说:不管咋样,先去给他打狂犬疫苗。随后,我让我们的民警开着警车拉着他们两个去市里防疫站给那个男子打针。我在现场顺便调取当时的旁证材料。

两个多小时过去了,我也调取了几份材料,却还不见他们打针回来。给小何打电话,原来,防疫站晚上没有人值班打针。狂犬疫苗倒是买下了,就是没有人打,医院也不给打,怕担责任。是啊,哪个行业像我们基层公安机关这样二十四小时在上班啊!我给小何叮嘱,无论如何找到防疫人员给那男子打狂犬疫苗,防患于未然。

等了半个多小时,将近半夜十二点了,小何打来电话说,狂犬疫苗打了,那男子还要狗的主人给他打破伤风针,说是他用脚踹门时脚被划伤了。狗的主人坚决不同意。也是,你踹坏人家房门受了伤,还要人家掏钱给你打针,这简直就是强盗逻辑。小何也很生气,说他准备把那男子和狗的主人带回派出所调查处理。我想想,也是,这家伙也欺人太甚了!

这中间还有个小插曲,当小何他们带那男子去打防疫针临走的时候,那男子吩咐他的同伴:"我不回来谁也不能进这个房子。"他们走后,我试图和那男子的同伴拉话。开始,他借着酒劲不听我的,还顶撞我。我说:"你们喝了这么多酒,家里人肯定着急,还是给家里打个电话吧。"他醉醺醺地说,他的手机欠费了。我说:你酒喝多了也说不清,你告诉我你妻子电话,我打给她。那人查了半天,才找到他妻子电话。我照着电话号码拨打过去,里面是一个南方女子的声音。给她说了半天,她终于明白了我的意思。我说:"你赶快坐车过来,我在市场门口等你。"

十几分钟后,一个女人向我走了过来,我猜可能就是那个人的妻子。还没等我开口,她问我她男人咋样了。从简短的说话之中,我了解到他们来咸阳不久,对咸阳还比较生疏。我就有点煽风点火(不知用语是否恰当)似的告诉她说,她男人两个来的这个地方是曾经的红灯区,不知他们酒后来这干啥。女人听明白了,咬牙切齿:"我回家不用刀砍了他才怪!"

醉酒的男人也怪,看见自己的老婆来了,酒一下子全醒了,赶紧从狗主人家门前的台阶上站了起来,不停给老婆说好话。我也假装劝他老婆说:他酒喝多了,也没有干啥事情,赶快叫回去休息吧。女人揪住醉汉的耳朵,拉住就往市场外面走。我喊道:"回家坚决不要打架啊!"

那个醉汉让老婆揪回去了,我的心里虽然有些轻松,不过,还是感觉自己有点不地道:这两口子回家真的吵架了怎么办?

但是,我感觉让老婆把醉酒的汉子叫回家不失是一个比较好的办法,大多醉酒的男人还是怕自己老婆的。于是,我拨打了刚才的那个电话,还是那个南方口音的女人。我让她告诉被狗咬了的那个男子的妻子,赶快去防疫站,把她的男人叫回。女人说,她刚才联系过了,那个人的妻子已经在防疫站了。我给小何打电话说,让他给那个妻子做做工作,把她丈夫叫回家。小何说:那个妻子不好说话,和她丈夫一个口气,已经和他们回到了派出所。

司机把我从南方市场接回派出所,已经次日零时三十分。我赶紧安排值班民警分别询问当事人。小何问我:被狗咬的男子踹坏了人家房门怎么处理?我说:按照《治安处罚法》行政拘留十天。养狗的那个小伙罚款二百元。小何笑了:"我也是这个意思。这家伙把咱折腾惨了!"

开始询问、告知,准备去局里裁决,那醉汉有些醒了,还是坚持他的观点,说他被狗咬了,是受害者。问及损坏人家房门的事,他还振振有词:他的狗不咬我我也不会踹坏他的房门。他的妻子却慌神了,赶紧打电话搬救兵。并提出和狗主人协调处理。哼,折腾了我们一夜,想协调处理,没门!

第二天一大早,我赶紧带材料去法制科审核。法制科科长说:拘留一点没错,不过,还要补上现场照片。最好协调处理,和谐社会嘛。

回到所里,已经有好几个"熟人"等候,我和小何他们商量后,干脆来个顺水推舟:让被狗咬的男子给人家赔偿房门踹坏的损失,可以不拘留他。男子夫妇感恩不尽,当即表示赔偿。

看到他们交了损坏赔偿金和几个"熟人"说说笑笑离开派出所的时候,我不由得纳闷了:这搬起石头砸了自己的脚的人怎么就这么多呢!其实,他们夫妇也应该从中体会到"不见棺材不落泪"这个古训。

三

询问完那个被狗咬了的醉汉已经是凌晨三时,我让小何安排值班的四人轮换休息,"招呼"好这个醉汉,决定天亮后去分局办理有关拘留手续(前面已经交代赔偿处理)。小何下去安排,我却怎么也睡不着了,我老怕那个不冷静的醉汉出什么事。现在的警察,事情怎么也出不起,这关系饭碗和责任啊!

这样似睡非睡,临近五点,听见警笛声响,下楼一看,原来是110处警队的民警"送警"来了。看着警车上下来的两个十五六岁的少年,我的神经不由得又紧张起来。

果然,处警的民警介绍说,送来的两个少年等七人把一个和他们年龄相当的少年打了,在网吧门外。现在,那个被打的少年在网吧躺着。问带来的其中一个,他说,是他叫别人去打架的。问其他几个在什么地方。他说,三个在一家私人旅社,两个还在网吧。赶紧叫起刚刚休息的两个同志,并让处警的民警帮忙,我们分乘两辆警车去旅社和网吧。当然,有那个小子带路,还算顺利。我们很快找到了另外五个少年,同时,在网吧见到了那个被打的少年,也没有大的问题,只是肌肉有些损伤。于是,让其坐上警车一块儿回到派出所。

我让小何他们先给被打的少年录份材料,弄清打架的详细情况,让他先回去休息,其他的人天亮再说。好坏也让大家轮换休息一会儿,哪怕一两个小时也行。

上午十点多,等我从分局回来(去法制科审核被狗咬了的男子损坏公私财物一案),见楼梯上坐着前来咸阳寻找其弟的张英真和她的男朋友,两人一前一后坐着,颇像省体育场看超级联赛的观众。我笑了:怎么坐在这里?去值班室沙发上坐啊。张英真看了看我,笑了,说她弟来信息了,说一会儿见面,让把钱给他。我说:那好啊,没有说在什么地方见面吗?女子说,她弟让等他电话。

我回办公室放好材料,并换了件便服短袖,同时,也告诉小何换好便服待命,那几个小子的事先交给别的同志询问处理。刚安排停当,张英真的手机响了,是她的弟弟打来的。"喂,在什么地方见面啊?什么,凤凰广场?我不知道啊。"我赶紧给她点头。她明白过来了:"那好,十分钟后见面,不见不散啊!"张英真挂了电话。我发动了我那地方牌照的破车和小何一起拉着张英真和她男朋友。在车上,我们做了周到细致的安排。

离凤凰广场还有几十米远,我停了车,让张英真他们先下,我们随后把车开过去。我再三向她俩交代,见了她弟弟,一定拉住,坚决不要脱手。

张英真他们坐在广场的围栏上,就好像歇脚的路人。我和小何坐在车里,目不转睛地看着他俩。这样过了十来分钟,我看见一个穿着灰白色短袖的小青年向他们那儿走去,到了他俩跟前停下和张英真说话。小何看了看我,我点了点头。"再等等。"我说。这时,但见张英真拉住那小青年的手坐在他们中间。我和小何下了车,慢慢地走了过去。

"是你弟张成吗?"我问。"是!"张英真回答。我用轻松的口气说:"找到了就好,你父母也就放心了。这样吧,坐在这里也不是回事,还是去我那儿吧!"张成用异样的眼光看着我。"他们是派出所的。"张英真说,"为了找你,他们没少受麻烦。"张成气呼呼地看着他姐,试图挣脱她的手,小何假装关心的样子,已经抓牢了他的肩膀。"我借你钱会还的啊,你叫警察干啥?"张成看着张英真,生气地说,"你一天到晚忙个不停,给人打工能挣多少钱?我不出一年就会变成百万富翁。"随后,他眼圈有些发红地介绍着传销的好处。我对他说:"你们传销,既没有产品,也不进行劳动,这些钱财从哪里来?还不是靠骗亲戚朋友家人得来的。把其他人的钱拿到自己跟前,算是本事吗?再说,骗来亲戚家人的钱都能归你自己吗?还不是要让人家上线拿走一部分?"张成似乎有所触动,再没有试图挣脱的意思。我和张英真他俩商量后,决定立即把他们拉到火车站,买最快的车票回新疆,以防万一。

到了火车站,刚好有半个小时后的火车。张英真的男朋友下车去买票。等车票买好后,我去和候车室执勤的民警进行了联系,让他们无论如何要帮着张英真让张成坐上火车,安全离开咸阳。车站的同行也没有含糊,满口答应。

把他们送进候车室里,转身要离开时,张英真看着我们,一连说了几声"谢谢"。看得出,她是真心实意的。

我们摇了摇手,赶快离开了候车室。所里,还有那几个打架的小子在等着处理呢。

(2010年6月6日)

值班日志（三）
有个案子，我真不懂

昨天下午，快要下班的时间，有人敲我办公室房门。"进来。"随着我的声音，门推开了，进来了两个豆蔻年华的女子。一个穿了浅蓝色的羽绒服，戴了一副金属边的眼镜，苗条的身段，微微害羞的脸上表现出了只有学生才有的气息；另一个穿了件白色羽绒服，跟在戴眼镜的女子身后。

我抬起了头，刚要问她们有什么事情，戴眼镜的女子说："我来看我手机被盗的案子，我赎手机的钱可以领回来了吗？""什么钱啊？"我一时丈二的和尚摸不着头脑，问她。她给我说了事情的经过，我忽然想起来了，确实有这么一回事。

好像是九月份的事情。一天下午,五六点钟的样子,有个民警向我汇报:"师范学院一个学生报警,说她的手机在网吧上网时被人偷走了,手机有防盗功能,现在已经联系上偷手机的男子,男子让她拿出二百元钱,就把手机还给她。"这个学生说,她已经和偷手机的男子约好了,半个小时后在师范学院南门外见面,一手交钱,一手交货。看了看时间,马上快到了,我和两个民警换上便装,开了我的挂着地方牌照的"老爷车",急火火赶到了师院南门外,见到了报警的学生,如此这般做了安排。

十几分钟后,只见一辆陕A车牌的"富康车"慢慢驶了过来,最后,在这个女学生的面前停下了。车子副驾驶那边的车门打开了,下来了一个三十来岁的男子。只见那男子和女学生说了几句话,学生把手里早准备好的人民币递给男子,男子从裤子口袋掏出一部手机,给了学生。这时,我让所里的两个民警赶紧下车,还没等"富康车"起步,民警一把将坐在副驾驶的男子揪了下来,戴上手铐,同时,也控制住了那个留寸头的驾驶员。回到所里,细细询问,才知道这个学生手机被盗地点不在我们所辖区,属于另一个分局管理。按照案件属地办理原则,我们要把案件移交给学生手机被盗地的派出所处理。大约等了一个小时,那个派出所来人把我们抓到的男子和"富康车"驾驶员带上了他们的警车,同时开走了那辆"富康车",我们告诉这个学生让她坐那辆警车去案发地处理。

这件事过去将近三个来月,在我的记忆中已经有些模糊,现在这个学生突然寻来,不知有何事。

"我只想问问我当时赎手机的钱什么时候退给我啊?"学生说,声音很小,胆怯的样子。

"什么?当时把钱没有给你啊?"

记得当时把人抓回来后,我去忙别的事,案子最后怎么移交的我也不太清楚。我连忙打电话把我所当时参与处理的一个干警叫到办公室,询问这件事情,这个民警回想了一下,说:"我们当时也没有询问嫌疑人,也就没有收缴那个赎金,全部移交给了另一个派出所接警的民警。"这个学生也回忆说,那天晚上,派出所民警和她谈完材料,她离开时曾问过赎金的事,民警说:"现在还不能退,回家等通知。"这个学生说,她回学校这么久了,也没有人打电话让她去领钱,再说,她们舞蹈系课程也多,就把这件事一直拖到现在了。

"多少钱啊?"我问。学生笑着说:"不是太多,一百五十元,可是,也基本就是我近一个月的生活费啊!"

钱没在我所民警手里,我终于松了一口气。我拿起电话,联系到了那个派出所的所长,把这件事情对他说了,那个所长电话里说,让学生去找他。挂了电话,我想想还是不妥,总不能让学生贸然去吧。那个派出所在农村,离我们这儿有十来里的路程,公交也不很方便。我再次打通了那个所长的手机,对他说,你先把事情问好,不要让学生跑冤枉路了。那个所长说,他现在就在办这起案件的民警办公室,他们民警说,随后给学生打了几次电话,一直没有人接。我问坐在我对面的学生,她睁大眼睛说:"没有啊!"

不管咋样,钱有着落了就好。我问那个所长:"你让学生什么时候去取啊?"那个所长说:"让现在就来,办案的民警晚上值班。"

冬季,天黑得早,刚过六点,天已经暗了下来,想想十来里的路程,加之公交也不方便,出于安全考虑,我对学生说:"今天就不要去了,明天再去吧。"学生点了点头,她和她的同学向我告辞,连声说谢。我笑了笑,感觉极不自然,脸上有点发烧。

我不明白,这么简单的案子,本可当时就能退了的赎金,为什么那个处理案子的民警就要让这个学生、这个失主回家等他的电话呢?为什么将近三个来月,这个丢失手机的学生没有等来通知她领钱的电话?

这件案子，我真搞不明白了，是这个办案民警的业务能力不行，还是个人素质有问题？

"与人方便，与己方便"，这么浅显的道理他难道不懂？

我不认识这名民警，我也不知道他是谁，只是，他处理的这件案子我确实有点搞不懂。

(2010年12月17日)

值班日志（四）
少林僧警

看过电视剧《少林僧兵》的人都知道，为了抵御倭寇的入侵，戚继光下属的部队一部分由少林和尚训练，所有士兵全部剃光头发，穿上和尚长袍，训练少林棍法，和侵入的倭寇作战，人称"少林僧兵"。少林僧兵的威猛和坚强果敢，终于将倭寇赶出了祖国大陆，保证沿海地区的太平。

稍早，山东泰安警方遇到歹徒袭击，四人牺牲，全国震惊，公安部办公厅发言人答记者问明确指出：牺牲的民警没有佩带武器调查可疑人员符合上级的程序规定。既然牺牲的民警没有配发武器符合程序规定，这就为我们基层一线民警如何处警敲响了警钟!

　　昨天晚上,在所里值班,接到110指令:辖区一男子酒醉后用刀杀死了自家的狗,并手持菜刀和铁锤,要砍杀妻子和家人,家里人都跑了出来,不敢回家。接警后,我们几名民警赶往现场,推开院门,一眼看见一间屋子门外地面上一摊鲜血,旁边扔了四条狗腿,屋子里灯光暗淡。在影影绰绰的灯光下,只见一个男子站在屋子的床前,左手拿着菜刀,右手提着铁锤,两眼暴睁,面无表情地向门外看着。

　　"放下菜刀和铁锤!"我们处警的一名民警大声喊。那男子非但没听,还挥舞着菜刀向我们处警的民警走了过来。大家快速跑出院子,从外面拉住了院门。我们弄清了这个醉鬼的身份,叫来了他的三个哥哥,让他们协助规劝其弟放下手里的器械。那三个哥哥直摇头说,他酒喝多了谁都不认,一个个都往后躲。这时,发现有一股黑烟从那间屋子冒出,肯定是醉鬼点燃了屋里的物品。再不能拖延下去了,我们处警的民警一面给119拨打电话,一面向局指挥中心汇报现场情况。指挥中心指令:强行冲入屋子,制服醉汉!

　　强行冲入屋子,我们处警的民警能够做到,如何制服醉汉成了一道难题!用携带的甩棍根本对付不了醉汉手里的菜刀和铁锤。怎么办?警情必须很快控制,不然后果难以想象。正在大家商量对策之时,不知哪路的记者像猫咪一样嗅到了这儿,长长的摄像头对准了我们处警的民警。这样吧,每人找一根木棍,往里冲。于是,邻里的拖把、晾衣竿派上了用场。四名处警的民警冲入屋子,在烟雾腾腾的屋里,看到站在床前的醉汉。他的手里依然握着菜刀和铁锤。四名民警手持木棍,朝着醉汉的两个手腕击打过去,还好,可能由于时间过久,醉汉的力气大不如前。他手里的菜刀和铁锤也随之掉落在地上。处警的四名民警扑了上去,牢牢抓住了这个醉汉的臂膀。当这个醉汉从他家院门被带出时,门外围观的群众"哗"

地一下,向周围退出了十来米远。屋子里的火也很快被扑灭了,处警的民警把那醉汉押上了警车的一瞬间,大家那颗悬着的心才慢慢放下了。好险啊!

　　一个晚上,大家没有休息,直到把醉汉约束到酒醒,并按照《治安处罚法》对醉汉予以行政拘留。处警过后,我们笑着说,以后处警大家都带上木棍,这个多好用,既能保护自己又不会对嫌疑人造成严重的伤害。必要时,当当"少林僧警"蛮好的!

(2011年1月14日)

坐错车的男孩

　　下午,已经下班了,太阳还热乎乎地烤着人的躯体。今天轮到我们这个班值班,同事已经坐在了值班室里。我刚从大门外回到办公室坐下,有人敲门。拉开门,看见一个十多岁的男孩,就站在我的办公室门外,眼睛直直地看着我,眼角还有流过泪的痕迹。

　　"怎么了?"我赶紧问。

　　"叔叔,我坐错车了。"男孩说,"我要坐车回家去,车却把我拉到咸阳了。司机让我在派出所门前下车后,车就开走了。"

　　详细询问男孩,才知道男孩要从礼泉县城回他们村子,坐上往咸阳方向的公共汽车,谁料售票员没有通知男孩到他要下车的站口下车,竟把男孩拉到咸阳来了。

"叔叔,我身上没有钱,没法回家,给我三块钱吧。"男孩可怜兮兮地说。

"三块钱够吗?"我问男孩。

"够了。"男孩说。

"你知道回家的路吗?"我担心地问,男孩点了点头。

于是,我从口袋掏出一张五元的纸币给了他,叮嘱他快点回家,免得家里人着急。男孩接过钱,急急出了门。

我回到办公室,感觉有些不放心,就来到派出所门外。果不其然,那男孩在离派出所不远的地方等车,那是去西安方向的车。

我急忙喊道:"在路那边坐车呀!"边喊边跑过去,带着男孩站在路的北边。等了一会儿后,一辆开往礼泉县城的车过来了。我摇了摇手,挡住了汽车。对售票员叮咛了几句,让他一定负责把男孩送到离他们村子很近的站口。看到售票员满口答应,我才放心地看着男孩上了汽车。汽车慢慢开动了,不一会儿,就没有了影子。

我终于舒了口气,但愿男孩早早地安全回到他的父母身旁。

其实,在这个派出所工作几年,也接待过好多次遇到困难的群众,自己也总是尽力去帮。记得一年冬天,一个中年男子来到派出所,说他的女儿走失,他来咸阳找孩子,孩子没有找到,身上的钱也花完了,连吃碗面条的钱也没有了,更不用说回家的路费。看到他真诚的样子,我丝毫没有怀疑他所说的话的真假,就随手给了他五十元。那个男子连声说谢,并保证他回家后就给我把钱寄来。我当时笑着说:不用了。

后来,那个中年男子没有把钱寄还给我,也再没有见过他人。其实,给他钱时,我压根就没有指望他给我还钱。我想,那个找他孩子的中年男子,可能因为始终没有找到他走失的孩子而仍然奔波在寻找孩子的路上……

　　我经常这样想,能够走到自己门前诉说困苦的人一定是实在没有办法了。他们愿意找到我们诉苦,他们也只能来到我们跟前求援。帮助别人,我从来不说后悔,更不索求任何回报。因为,我们是头顶国徽的人民警察,是最值得信赖的人!

(2007年7月6日)

传销·学传销的女孩

传销,一个长在我们这个健康的经济社会的毒瘤,严重地危害着人们正常的生活,危害着社会治安。传说,某市在一个大酒店的会议室召开市经济工作会议,市长正在做重要讲话,从隔壁不时传来阵阵的掌声和欢呼声,致使市长不能讲话,参加会议的人员不能听讲。而隔壁传来的掌声要比市经济会议会场的掌声热烈得多。市长不高兴了,沉下了脸。会议工作人员赶紧叫来酒店经理询问情况,问明原因。原来,在隔壁的简易大厅里,有一百多人在认真听讲传销授课,得意之时便爆发雷鸣般的掌声。工作人员汇报给了市长,市长暂停了经济会议,立即召集公、检、法及工商、税务等政府各个部门的主要领导,现场召开了打击非法传销动员大会。同时,市公安局调动上百警力围堵了隔壁传销的课堂,当场依法传唤了几名组织人员,驱散了听讲的传销者,并对该酒店给予了从重处罚。自此,也拉开了该市打击非法传销的序幕……

其实,非法传销在该市活动已经有好几年了。刚开始影响不大,参加人员也少,并没有引起政府的注意。后来,传销的人员越来越多,地域范围也越来越大。由于没有具体的法律规定,公安机关认为这是工商部门的事情,自己不可越权管理。而工商部门认为非法传销参与人员众多,自己力量不够,也没有使用强制措施的权力,无法管理。当然,政府其他部门更是懒得理会,如此都不好管,致使非法传销坐小成大,养虎为患。有些传销人员不仅不把工商人员当回事,围攻公安派出所,袭击警察的事件也屡次发生。

既然有了政府做主,既然把传销定为"非法",并且它已经危害到社会的稳定,我们还怎能无动于衷?于是,全部警力投入到打击非法传销的行动之中。于是,那些组织者、那些介绍发财致富经验的"教师"陆续被行政拘留,到了他们该去的地方。

现在的传销不同于传销发展的初始阶段,那会儿还有什么物品作为诱饵。而如今的传销则直接教人如何骗人,如何空手套白狼。传销团伙的首要人员先发展下属,让下属缴纳一定的保金,然后,要求下属发展下线,并将下线缴纳的保金留少许给自己,大部分作为下属的报酬奖金发放,下线发展的越多,赚到的钱也就越多。于是,为了尽快发财致富,传销人员不择手段哄骗发展亲戚朋友作为下线,有些利令智昏,甚至哄骗妻子儿女,以便让自己的家人哄骗更多的亲戚朋友成为自己的下线。

传销既然是毒瘤,就不可能一下子根除。前一段时间的集中打击,使非法传销活动有了一定的收敛,也取得了一定的效果。政府在对传销人员打击、驱散、遣送的同时,对为传销人员提供上课、住宿的个人和单位也采取严厉的处罚措施,该拘留的拘留,该罚款的罚款,让我们的社会恢复了暂时的平静。但是,非法传销活动从公开转入地下依然在活动着。

五日上午,有线索报称:我们派出所辖区的一户人家里有传销人员正在上课。获得此信息后,我们立即组织全部警力,并通知街道办事处、工商所等有关部门,同时,我们向分局治安大队汇报了此事,治安大队李副大队长带人参加我们的行动。我们悄悄赶到这户人家时,远远地就听见一个女人讲课的声音和偶尔的鼓掌声。我们突然打开这家屋子的房门,眼前的场面让我们感到吃惊:只见不足二十平方米的屋子里,端端正正坐了将近一百名传销人员。他们坐在统一的小凳子上,一排排非常整齐,那个认真的劲儿堪比上课的学生,有男有女,有老有少。看到我们进来,他们没有显现丝毫惊慌的神情。按照事先分工,我们将三名组织者依法口头传唤,其他事情交给工商和街道办事处工作人员处理。为了获取三名组织者的违法证据,我们同时将几名听课的人员带回做笔录。

由于带回的人较多,其他民警忙不过来,我和李副大队长叫了一名听课的女孩到我的办公室接受讯问。进到我的办公室,那女孩先是怯怯地站在我们的面前,李副大队长让那女孩坐下。那女孩开始显出小孩子那淘气的劲儿,既想坐在一侧的沙发上,又想坐在我对面的沙发上,最后,还是坐在我对面的沙发上,看了看李副大队长,又看了看我,一脸稚气地说:"叔叔,问我什么我都说。"看着孩子气十足的小女孩,我和李副大队长互相看了一下,无可奈何地苦笑了。按照我们的讯问规定进行,才知道女孩是江西人,今年只有十六岁。女孩说,她老爸打电话让她过来玩,她昨天才过来的。她说她老爸昨天晚上让她住在一家私人旅社,她感觉没有什么意思,也不好玩,就悄悄溜出旅社,找了家网吧,上了个通宵。女孩说,一大早,她老爸让她回旅社,让一个伯伯带她出去玩,她老爸上午去西安火车站接她老妈。最后,那女孩好像受了委屈地说:"我老爸让我过来玩,没有想到去了那儿让我听课,我听了一整,乱七八糟的,什么也没有记下。"

我们告诉女孩那是非法传销,是骗人的。女孩瞪大了眼睛,叫道:"怪不得我老爸把家里钱都拿走了,原来干这个啊。"做完笔录,女孩签字按了指印。我撕了张稿纸让女孩擦了擦手上的印泥,女孩说了声:"谢谢叔叔。"然后问我,挺神秘的样子:"你是所长?"我笑了笑,问她:"怎么了?"女孩说:"你有没有专车?我们有个同学她爸是派出所所长还有专车呢。"

看着小女孩单纯的样子,看着小女孩天真无邪白净漂亮的脸庞,听着小女孩问我这个幼稚的话题,想着她的父亲把她从学校叫到这里,我的心里忽然沉重了起来。后来,小女孩从我的办公室走出去时,我看着她小小的背影依然从沉思中没有缓过神来。我在想,这小女孩的老爸陷入传销的魔窟如此之深,竟连他这么小的女儿也不放过!

我明白了非法传销一贯使用的诡计:给传销者洗脑,让他们变成僵尸,服服帖帖为自己所用。精神摧残,可怕的精神摧残!

(2007年11月6日)

人怎如此薄命？

昨天上午,快到午饭的时候,110指挥中心指令说,我们派出所辖区马家堡村一个院子里死了个人,要求我们速去现场查看。接到指令,我的脑子轰的一下,我怕这是一起凶杀案件。真是那样的话,我们少不了多日的折腾。

发动汽车,叫了两个民警一同前往。按照110指令的地址,我们找到了死人的这户人家。110处警队的几名民警已经提前赶到,向我简单介绍了情况:死者是一个三十多岁的男子。这是一户城中村的院子,院子周围是一圈四层楼房。主人已经不在这儿居住,这一圈的四层楼房都租了出去。有开招待所的,有开网吧的,还住了些打工的、上学的,一个十足的大杂院。经询问,死者原来是开招待所的那个老板。

　　这男子我们认识,一个星期前清查招待所的闲杂人员时我见过他。当我和片区民警来到招待所时,那男子就坐在登记室的门口,满嘴的酒气。我们挨个检查旅客身份证时他摇摇摆摆的不能站立,我们只好让他的父亲陪同。招待所就是他和他的父亲经营的,他的父亲是一个年近七十岁的老人。他们是贵州人,男子和市里一家纺织厂的女工再婚,他们父子就在市里开了这家招待所。

　　检查完招待所,发现没有按规定对旅客进行登记,当场对那男子的父亲进行批评,并要求认真进行整改。

　　隔了两天,民警来这个院子调查一起伤害案件,我随同而来。碰见那个男子,依然是满嘴的酒气,脑子却非常的清醒。看到我们热情地招呼,并让他的父亲买两瓶矿泉水。我们赶紧拦住了他的父亲,并劝那男子回他的房里去休息。

　　我不知道那男子的名字,连他的姓也没有记住。

　　他竟然死了,这么快就死了。经过调查询问,原来,那男子前天晚上又喝得烂醉如泥,挣扎着回到他的房子,半夜的时候,从床上滚落到地上,他的老父亲一个人搬不动,叫了别人帮忙,才把他抬到床上。他父亲后来回自己房里睡觉,昨天一大早,赶紧跑到儿子的房子去看,人已经没有了呼吸。让医院给出具死亡证明,准备送到火葬场去,医院说人死在外面,他们没有办法出证明。老头急了,就拨打了110报警。

　　那男子被殡仪馆的车拉走了,一个活生生的人去了另外一个世界。这人,命怎么如此的薄?这酒,怎么会如此的厉害?这嗜酒成性的人,恋酒的时候,是不是也珍惜珍惜自己的命,没有了命,还怎么恋酒?

(2007年11月23日)

另类女人（一）

似乎一切美好的词语总会和女人联系在一起。那些舞文弄墨的骚客也总喜欢把女人比作水中的明月，河边的柳絮，春天的使者，盛开的鲜花。关于女人的节日也比男人的多，范围又广又隆重。在某些地方，女人已顶了多一半的天。

其实，我也喜欢那些对女人的赞美之词。因为，男人的一半就是女人。可是，在现实生活中，往往会发现一些另类的女人，她们在自觉或者不自觉地玷污着女人的美名。

前几日，我们抓住了一个贩卖毒品的女子。从外表看，这女子穿一件浅灰色的上衣，素面淡妆，皮肤白皙，倒也是一副淑女的形象。如果不细看她那双大而无神的眼睛,谁也不会把她和毒品联系在一起。

她原来有一份令人羡慕的工作,在市区的一个税务部门上班。如果不是她的那位做生意赚了钱而得意忘形的男人染上了毒瘾,她也肯定不会知道鸦片、海洛因是什么。可是,偏偏就是她的那位托付终身的丈夫,让她尝试了"吞云驾雾"的感觉。进了那个"道"儿,再要出来就很难了。于是,她家的积蓄很快随着烟雾而去,她的男人因为贩毒被投入大牢,她也因为吸食毒品被送到了劳教所。当然,那份令人羡慕的工作也就和她"拜拜"了。

吸毒容易戒毒难。从劳教所出来后,她又很快混入那帮"瘾君子"之中。

吸毒需要钱,而且需要很多的钱。丢掉了工作的她连吃饭的钱都没有,哪还有购买毒品的钱!于是,她想出了一条生财之道,干脆破罐子破摔,开起了"无烟工厂"。拿她的话说,凭着她的美貌,凭着她的大专学历,凭着她那能说会道的口才,何愁没有生意可做。

她去了南方,去了苏州、厦门、上海,去了沿海经济发达的城市,她去了哪个城市,她的"无烟工厂"就开到哪个城市。正如她所说的那样,她的生意出奇的好,她的钱包很快就鼓了起来。后来,随着她的钱包鼓起来的同时,她的肚皮也悄悄地鼓了起来。

不知不觉,她竟有了半年的身孕。体型的变化使她的"工厂"难以持续生产,她只好拖着沉重的身子回到了这个古老的西部城市。

由于毒瘾太大,她的开支出奇的高,没有多久,她的积蓄已所剩无几。于是,她又干起了"以贩养吸"的买卖。常在河边走,哪能不湿鞋。没有几次,她就掉进网中。

提起她肚里的孩子,她那木然的表情似乎有了生机,她说:"不管孩子的父亲是谁,我都要生下这个孩子,他总是我的孩子啊。"

带她去医院妇产科检查,医生明确地告诉她说孩子发育不良。

这个吸毒成瘾的女人能生下什么健康的孩子!可怜这个还未面世的孩子,他一来到这个世上不仅要面对没有生父的尴尬和难堪,而且还要承受生之即来的毒瘾!

谁在作孽?!

(2009年3月25日)

另类女人(二)

如果不是听到她大吵大喊的声音,如果仅仅只是凭着她那蛮不讲理的话语、行为来判断,我绝对不会把她和一般女人联系在一起的。

她是被110警车送到派出所的,是她报的警。她来的时候已是晚上十点多钟了。

我是循着值班室里吵嚷的声音才看到这个女人的。她二十七八岁的样子,一米五左右的身高,扁形脸,小眼睛,穿了一件浅灰色绣了花边的上衣,由于衣襟太短,露出了一溜并不太白的肚皮。她那矮矮的身材和街头正在流行的长筒靴极不协调,让人不由得想起动画片《三毛流浪记》中那个怪异逗人的"三毛"。

从那女人大声地吵嚷声中我才知道她报警的原因：她是从西安那边赶过来报的警，她说，家住我们所辖区的一个男子砸了她的店，还打了她。询问了半天，她才说是在西安那边发生的事，而且已是几个月前的事。

于是，值班民警告诉她说，按照案件管辖，她应该向西安当地警方报警。西安警方处理案子时，需要我们配合，我们会大力协助的。女子听了这话，暴跳如雷，站在我们民警面前，两手叉腰，仰视着那位民警，大声质问道："人就住在你们这里，你们凭什么不管？"在她问话的同时，她那繁星一样的唾沫星子朝着我们的同事直飞了过去，弄得那位同事不由得往后倒退几步。

随后，女子又拿出手机，不知给谁拨通了电话，对着手机大声骂道："我让那狗日的建立敢骗我，我让他不得好过！"停顿一下，她又说："这边的警察说不归他们管，你先告诉我咱那个派出所的电话，我打电话报警。这边的派出所不管，我明天就告他们。"

道理她是一点听不进去的。在值班民警给她解释的同时，我回到我的办公室里，向值班局长汇报了此事。说句实话，我真怕那个听不进道理的女子跑到哪个领导的办公室里告我们一状，让不知底细的领导挥笔批下"严肃查处"四个字来。

值班局长听了我的汇报，指示说：按照首问责任制，你们先接待人家，然后往西安移交。不行的话，你们去找找那个叫作"建立"的男子，如果在，一块儿移交给西安警方。

"怎么送啊？"我问值班局长。他在电话那头"嘿嘿"笑了："谁让你们摊上了那个难缠的主儿，你们只好开车送去。"

没有办法，只好让两个民警带她去找那个叫作"建立"的男子。大概过了半个小时，他们回来了。民警一进门，就给我说，这女子真是泼妇，一点不讲道理。进入那个小区，她就站在"建立"家的楼下大声叫骂，吵得整个小区不得安宁。

"建立带来了吗?"我问。

"他不在家。"民警低声说,"他老婆儿子跟过来了。"

话还没有说完,我听见值班室那边又吵了起来。赶紧跑了过去,见那个女子正在和一个中年妇女大吵。我猜那中年妇女可能就是建立的老婆。中年妇女跟前还站着一个年龄大一点的女人,最后才知道是建立老婆的姐姐。还有她的姐夫、儿子、外甥都跟来了,在派出所门外,没让进来。

从两个女人的吵骂声中,我听出了事情的端倪。那女子报警说,建立砸了她的东西,还打了她,暂时无法查证。从她们的吵骂声中,却牵出一张两万五千元的欠条。女子说,是建立买车时借她的钱。建立老婆讲,他男人被这个女子黏住了,脱不开身,只好给点钱了事,当时没有现钱,就打了个借条。

女子对着建立的老婆骂道:"你建立是什么货你不知道,整天赖在我那儿不走。我如果要男人,能拉一火车,还缺你家建立一个!"

建立老婆说:"呸!不差我们建立你怎么黏住他不放?老让他住你那儿!"

女子说:"我又没有用链子把他拴住。"

又是一桩由于婚外情惹出的麻烦,又是一桩由于感情债而产生的纠纷。

我们制止了两个女人的对骂,劝走了建立老婆那一帮人,然后告诉那女子说:"人也给你找了,确实不在家。你要报警,就回西安去报警吧。"

女子没有搭理我们的话,又不知给谁打着电话,还是那副口气,还是那个样子。

我只好回到办公室。那女子后来什么时候离开了我们的值班室我不知道。过了几天,听一个辅警说,那女子最后让我们开车把她送回西安,说时间晚了,没有了公交,并说,警察应该有难就帮,有求必应。

辅警说,那女子本来就闹得人不得安宁,还提出让警车送她回家,他就再没有给她好脸,大声训斥:"滚!"那女子就乖乖地"滚"了,一句没吭。

我批评他说:"对群众的态度不能生硬,更不能有粗暴语言。"辅警直点头:"知道了,知道了。"

已经过去了半个多月,再也没有看到那个女子来过,也没有见西安的警方来传唤那个叫"建立"的男子,我也没有机会见到这个叫"建立"的男子。估计他的日子并不好过,他的那位"情人"肯定不会轻易罢手饶了他的。

我没有情人,打死我也不会去找那样的情人。

(2009年3月30日)

另类女人(三)

当我们的民警让她上了警车,把她带到局里去办法律手续时,我的心里竟有一种异样的感觉。感觉我们似乎有些残忍,有些不近人情,有些对不起她,对不起她的家人,对不起她的学校,对不起那个和我有十几年交情的老校长,就好像做错事的是我们警察。

她是一个十九岁的花季女孩,长得眉清目秀,文文气气。如果不是从摄像监控中看到她,如果不是从她指认的藏匿赃物的地方拿到那一叠人民币,如果不是她在审讯的时候百般掩饰抵赖,我绝对不会把她和"贼"联系在一起的。可是,她偏偏就是贼,一个初次犯案的蠢贼。

她的家在一个偏远贫穷的地方，祖祖辈辈都是老实巴交的农民。为了让她日后有些出息，家里把她送到了这个扶贫职业技术学校读书。所谓扶贫职业技术学校，就是国家为了让贫困地方的孩子能有一技之长，能有一份适合自己的工作，投资兴办的职业技术学校。学生是免费上学，在学校期间还享受国家提供的助学补助金。于是，她初中毕业后父母拿着县上开具的贫困证明，就把她送到了这个扶贫学校学习。

两年的光阴匆匆而过，她完成了学业，只等着去学校联系好的南方一个工厂上班。就在这等待的日子里，她竟一时忘乎所以，趁着同宿舍的同学外出之际，拿走了学校发给这个学生的助学金银行卡。于是，她按照学校公布的统一密码，很快将卡里的一千四百多元现金从柜员机里提取。有了钱她出手阔绰了许多，短短几天，就花掉了盗得的四百元。

本来，在同学发现了她的卡上现金被盗取后，她应该有所悔悟；本来，当那位善良的老校长循循善诱开导她时，她应该承认错误，痛改前非。可是，两次机会她都错过了，她一口咬定她没有盗取同学卡上的现金。万般无奈，她的同学只好到派出所报案。

案子很快搞清楚了，确实是她。当她被传唤到派出所后，在民警的面前，在证据面前，她不得不交代了整个作案过程。于是，民警随她在学校女厕所的墙缝里，提取了剩余的赃款。

谈话，签字，按指印。当这一切都按程序进行时，她终于胆怯了，她赶紧捎话给她的老校长，能不能给她个改正错误的机会。

"晚了。"我对老校长解释，"她已经违犯了法律，属于刑事案件的范畴，必须按照程序办理。如果现在我们放掉她，等于知法犯法。"

"给你们交些罚款，可以吗？"老校长说，"你看人家家长把孩子交给我，出了这事，我怎么跟人家家长解释。"

我们确实缺钱，而且非常缺钱，可是，这个钱说啥也不能要。刑事案件一罚了事,我们岂不是犯了渎职罪?

考虑到她也是一时激情用事,盗窃了同学的助学金,考虑到她盗窃的数额并不是太大,情节也不是特别恶劣,同时考虑到她是正在学校读书的学生,我和办案的民警商量了以后,报请分局,给予取保候审。

案件一定要严格按照程序,严格遵守法律规定。只是,在法律许可的范围内,我们将最大限度地使她的心理不要受到太大的打击,也不要因为我们没有人性的执法把一个偶然犯法的女孩推入人生的深渊。

但愿检察官、法官也和我们想的一样,人性执法,人性判案,不要毁了这个花季女孩。

(2009年4月7日)

谩骂报警人——无法可依

前天晚上,七点左右,天色已经昏暗了下来。换了便装,驾车回家。从所里出来,打开车灯,缓慢地在匆匆回家的车流、人流中行进。

回家要穿过辖区一条南北向的窄窄的街道,街道宽四五米,一边是农机研究所的外墙,另一边是马家堡村村民的房屋。因为是城中村,村民临街的房屋全部建成门面房,一家挨着一家,餐馆小商店居多。到了饭时,租住在城中村的人大都跑到这些小餐馆来吃饭,一时间,小餐馆热气缭绕,人头攒动,叫卖声、问候声不绝于耳。

这条道既狭窄坡度又大,却是连接文林路和毕塬路的一条主要街道。人来人往,车流不断。

摆小摊的也挤热闹似的往这道儿上凑,把巷口堵得严严实实的。一到上下班时间,这里就会乱成一锅粥。

想着已是晚七点,路上不是太堵,就从这条道儿往南行驶。离南口二三十米远了,汽车、摩托、行人拥堵在一起,刚好半坡那儿,进不能进,退不能退,摇开车窗玻璃一看,旁边围了好几十个人。我想,是不是发生了啥事,正要下车,却见一个戴着针织帽子的年轻人抓着一个长头发小伙的胳膊,从围堵的人群里出来,向南走去。由于职业的缘故,我一时忘记了自己身着便装,大声喊道:"干啥呢?发生啥事了?"戴针织帽子的年轻人没理会我,抓住长头发的胳膊不放,继续往南走。

由于车停在半坡,前后左右都堵住了,我很难快速下车过去询问。正考虑咋办,一个五十来岁的男子走到我跟前说:"抓住的那个长头发刚把人砍伤了,送医院去了,后面跟着的有他的同伴,你赶紧给叫住,再往前走,小心让他的同伴给放跑了。"后来我才知道,戴针织帽子的是被送医院抢救的伤者的儿子。听到发生了伤害案子,我赶紧下车,却看不见那个戴针织帽子的和被他抓住的砍人者。拿出手机,拨打所里的值班电话,让值班的几个民警快速过来处警。谁知,我刚打完电话,一个高个子小伙冲到我跟前骂道:"打锤(骂人的话)子电话呢。"并要动手的样子。我说:"我打电话让民警来处警关你啥事?"这时,旁边有人说那小伙:"你还敢骂派出所所长?"我一看,是我认识的一个村民。这时,那个五十来岁的男子也过来了,对我说:"这个高个子小伙就是砍人者的同伴。"我一听,原来这样,一把抓住高个子小伙的衣领,那个认识我的村民和这个五十来岁的男子(后来才知道,他也是我们派出所辖区的一个居民,来派出所办理户口见过我)见我动手了,急忙过来帮忙扭住了高个子小伙的胳膊。我对他俩说,先把这个小伙子拉到旁边一家商店看住,我把车开到毕塬路停好就过来(当时路已通了,我的车挡住了后面的车辆通行)。我把车在路边停好,下车就往回跑,刚进商店,所里值班的副所长带三个同事过来了。我把情况简单给他们做了介绍,把那个高个子小伙先拉上车,随后,我们去了医院急诊科,看到急诊科门外楼道一串的血迹。急诊科大夫说,人已经送到骨科去了。赶到骨科,看到手腕包扎着白纱布的受害者。他说他在卖菜,那个小伙喝了酒,和他发生口角,顺手从旁边餐馆拿了一把菜刀,砍到他的手腕上。医生介绍说,伤者的两根筋和动脉血管被砍断,要不是离医院近,送医及时,伤者就会有生命危险。

这时,所里值班的民警打来电话,说抓住的那个砍人者让110处警队已经送到所里。我给带班的副所长交代,如果阻挡我打电话的高个子小伙查实和砍人者是同伴,说明他谩骂阻挡我打电话让所里处警有让其同伴脱逃的目的,就和法制科联系,看能不能拘留。

他们把人带到派出所后,我也开车回家了。晚上十一点多,副所长打电话说,那个高个子小伙不承认他听见你给派出所打电话。我说,他不承认就没有这回事了?他没有听见我给派出所打电话让处警,那他凭什么骂我啊?副所长对我说,他把案子报法制科了,法制科审核案子的同志说,这个小伙子的行为不属于违法。我当时已经迷迷糊糊入睡了,只好说,那就按法制科意见办,让那小伙走吧。

昨天一大早,我来所里上班,刚进楼道,看到那个高个子小伙和一个女子。高个子小伙对我说,他不知道我是派出所所长,当时骂了我,向我道歉。然后说,那个女子是砍人者的女朋友,想看看朋友。

砍人者当晚已经被行政拘留了,要见人,那不是派出所管的事。我问那个高个子小伙:"我当时让派出所民警来处警,你没有听见咋能骂我?还往我跟前冲呢?你昨晚咋不跟人家好好说这些?"那高个子小伙低下头,说,我怕被关了,就说没听见你让处警的话。

按常理推测,如果没有听见我让派出所值班民警来处警的话,我打电话的内容如果没有和这个高个子小伙有关系,他怎会平白无故骂我?

我让办理案件的民警把案件材料拿了过来,详细看了这个高个子小伙的讯问材料,才知道这个高个子小伙根本就没有承认他听到我让处警及骂我。没有办法,现在办案是凭证据说话的,刑讯逼供那一套早过时了。我让昨天值班的民警把这个高个子小伙带到讯问室去,对其再次进行讯问,同时,我联系当晚在现场的那个村民和那个五十几岁的男子,让过来作证。忙完这些,我又打电话找到法制科那个审核案子的同志,把当时的情况详细对他进行了叙说。法制科那个同志说,这些情况当晚材料里看不到,他也不知道这些情况,等证据齐全,再送给他看。

由于我当场对质和两个群众的作证,高个子小伙承认他骂我打电话让处警就是想使他砍人的同伴脱逃。警察来了,就跑不了了。重新办理此案的民警以高个子小伙违犯《治安管理处罚法》第42条第四款"对证人及其近亲属进行威胁、侮辱、殴打或者打击报复"的理由提请行政拘留五日的意见,把案卷送到法制科,让那个同志审核。一个多小时后,法制科审核案子的同事给我打电话说:"还是不能拘留,用这一条款不合适,这一条指的是已经做过证的证人。"我说,撇开我的身份不说,如果一个群众发现有违法犯罪发生,打电话报警,被谩骂威胁咋样处理?法制科同事说,《治安管理处罚法》没有这一具体条款规定,所以就不是违法。

干了多年的警察,竟遇到这样的难题!我想,假如有群众报警,遇到这等事情,而我们又不能保护报警人受到侮辱和谩骂,以后,谁遇到这样的事情还去过问,谁还会向我们公安机关报警?正义,在何处得以体现?

法制科审核案子的同事和我说,要不,下午他们法制科沟通一下再说。

等到下午四点左右,没有见电话来,就打电话询问。他说,科长都在,让办案民警带案卷过去。我感觉这个案子有点麻烦,就和办案民警一块儿去了。等了半个多小时,法制科大小人物都在一起碰过头了,最后结果,还是没法处理——法律没有明文规定啊!

唉,我叹息道,作为一个基层派出所的负责人,遇到这样的事情都不能处理,那么,作为普通群众,报警受到侮辱谩骂更得不到处理。如此这样,谁还会去伸张正义、打抱不平、为他人报警啊?真遇到这样的事情,群众肯定又会把所有的怨恨发泄在具体办案民警的头上。作为法制审核部门,我想,针对某些特殊的情况,是否能做出一些灵活的决定呢?

当然,法制部门是严格依法办事的,可以理解。但是,作为老百姓,好多事情就想不通了。法律的条文,真的就能够涵盖所有的社会现象和社会问题吗?适用类推的条款被去除了,难道法律的制定机关或有关专家就能把每个社会现象都能够想象得到?都能够制定到具体的法律条文之中?

无法可依,一句话,在法律制定和审核部门看起来是很简单的一句话,但是,作为老百姓,当某些权益受到侵害的时候,他们不会想到这是法律的空白或者遗漏,他们想到的也许更多的是法律的不公和办案人员的不作为!

但愿这个去除"类推"的法律能够早点在条文中加上"侮辱、谩骂、威胁报警人"的条款,不然的话,见义勇为、打抱不平种种我们民族的传统美德就会在死板的法律条文中丧失殆尽!

因为无法可依,我们只好让那个高个子小伙"快乐"地回家。

(2011年12月28日)

人为什么活着？

写下这个题目，是因为下午一点左右发生的一起非正常死亡案件。死者是一名女性，从她的遗物里发现了她的身份证复印件，本月二十八日就是她三十八岁的生日。她却走了，随着一团大火腾空而起，她的肉体已不复存在，只留下大火烧焦后的躯干。躯干已经蜷缩在一起，似乎在生命的尽头又恍然惊醒而做出了一丝的抗争。

她自焚的地点正好选择在离我们派出所不远的一个路口，那是一个特别繁忙的十字。312国道文林路段和市区新兴路交会处，人来车往，络绎不绝。接到报警，我们急忙赶到时人已经烧焦，没有了一丝血肉，也没有了一根头发，只有像木乃伊一样的躯干仰面躺在那儿,还有躯干上面那个骷髅一样的头颅。旁边还有零星衣物燃烧的火苗,空气中弥漫着难闻的皮肉烧煳的味道。围观的群众里三层外三层,叹息的,猜测的,什么都有。我们到之前分局巡警队的同事已经早一步到了,在维持秩序。听说已经拨打了120急救电话。我刚到,一辆救护车也赶到了。救护人员下车看了看又上车走了,好像说已经没法抢救,又好像说他们医院没有专门抢救烧伤的科室。看到越来越多的围观群众,看到躺在十字路边烧焦的躯干,我们根本不知道人到底还活着没有,医院是否还能抢救。于是,又拨打120,又催促救护车赶来。一会儿,另一个医院救护车来了,看了看,让我们签了个字,又走了。好像只说了一句话:"只要证明我们来过就行了。"车走后,人却还躺在那儿。其实,我感觉医生也已没有了回天之术。可是,人到底是死是活总得给我们一个话呀。正发愁埋怨那两个救护人员时,又来了第三个医院的救护车,和前面两个一样,看完了就要开车离开。我们便挡住了,当得知人已经停止了呼吸后,我们赶紧和殡仪馆联系,让快点把尸体拉走。

　　回到所里,我的心情非常烦躁,我的脑海里不停地出现这样一个问题:人为什么活着?

　　先不要猜测今天这个女人自焚的原因,单从电视报纸里经常看到那些因为种种原因而走了绝路的人们,就不难看出生命在他们身上变得毫无意义。果真死了就是一种解脱吗?我想,答案是否定的。对那些轻生的人们看来是一种解脱,其实,我认为这只能是一种转嫁,把自己在人世应受的痛苦转嫁给亲人,转嫁给朋友,转嫁给这个社会。

　　我想到一种精神,那就是活着的目标。于是,想起童年的时候,想起那个时候的教育,想起那个时候的奋斗目标。虽然说共产主义不是马上就能实现,但是,那个时代就树立着这个目标,就呼唤着为之奋斗的精神。于是,看到的是一种生机勃勃,是一种朝气,是一种敢于战天斗地的豪迈壮举。

　　看今日,忙忙碌碌的人们为的是自我,为的是金钱,围绕在自己的小圈子周围。一旦圈子垮了,圈子断了,圈子开了,就好像天要塌下来了,全身就好像没有了筋骨,只剩下一堆没有魂灵的烂肉。于是,就毫不顾忌,不假思索地想把这堆烂肉抛到九霄云外!

　　精神,人要有精神啊。不然的话,看大地众生,岂不成了一个个行尸走肉?

(2007年8月18日)

我们应该说声:"对不起!"

有些事情很是奇怪,本末倒置,或是黑白颠倒。

算起来应该是大前天的事。第二天,局里要组织所有党委成员和四十多个科所队长对各个所队进行观摩检查,要求每个所队领导要向大家汇报二〇一〇年的工作,然后,大家分头查看,进行考核。这是我们分局对基层考核的一个新举措。

当时,天下着中雨,院子里积满了泥水。其他同事冒着天雨冲洗打扫院落,整理内务,我急急忙忙地准备着汇报材料。这时,手机响了,是市局宣传处的领导打来的电话。因为我偶然写点小小的豆腐块儿文章,领导也很熟悉。我以为多日不见,这位领导可是想我了吧，就随手接通了电话。寒暄之后，领导说："你怎么对群众这么办事啊，人家都在网上说出来了。"我愣了，忙问："怎么回事？"他说："华商论坛里有一个帖子，说因为人家是个重号码证，你强行变更了，给人家造成了许多不便。"我急忙说："不会有这等事啊，我不会具体去办办理户口业务的。"他说："帖子上说是你们所的负责人啊。"我猜想，这可能是户籍员工作出了问题。不管谁出了问题，都是我们派出所的问题啊，作为所里的负责人，我肯定是脱不了干系的。我忙让宣传处领导想方设法联系到这位群众，我想问清事情缘由，以便很快解决这个事情。领导说，他试试联系。

挂断电话，我放下手里正在准备的材料，赶快打开互联网，找到那个论坛，也找到那个帖子。看了帖子，才明白是怎么回事。发帖人说，她二〇〇六年考入大学时，将户口从老家迁入我们所，二〇〇七年办理了二代居民身份证。从来没有人对她的身份证号码提出过异议。今年毕业时，户口要迁回原籍，却发现身份证号码与另一个人重号了。发帖人说，她来到派出所后，户籍人员说重号了，户口暂时无法迁移，当时就给她换成了一个新的身份证号码，并收缴了她的身份证。换回了无用的户籍证明和身份证重号证明。户籍员说，她可以和重号的女孩商量，如果那个女孩将号码换了，当地派出所出具一份证明，可以将她的号码换回原来的。

天底下竟有这么巧的事！发帖人回老家一查，竟然发现和她重号的人是她小学的同学。和同学商量后，同学同意换。可是，到老家派出所去，人家网上一查，不是重号啊，不用换。发帖人说，她又一次来到我们派出所，让换回她原来的号码，因为她的很多资料档案都用的是那个号码。可是，户籍员说，再不能换回去了。发帖人质问：当时为什么不经她的同意就将她的身份证收缴，并给她换了新号呢？难道国家的政策就这么不人性化吗？最后，发帖人希望能换回她原来的号码。

99

看完帖子,我明白了。二十世纪八十年代后期,我们国家施行了居民身份证制度。因为当时没有电脑,也没有互联网,更没有网上办公,派出所只能人工编写身份证号码。同时,由于刚实行身份证制度,编写身份证号码工作量极大,造成了大量的错号重号。后来,公安机关户籍联网,那些重号错号就自然而然暴露出来,纠重纠错就成了公安派出所户籍员的一项主要工作。按理,这个工作应该逐步进行,慢慢完善,起码要让重号的两个人互相协商,尽量变更影响小、损失少的一方。可是,为了完成上级的任务,大多户籍员就采取了断然变更的"干脆法"。

这种方法要不得。我想,起码要征求重号者的意见,最好让他们协商变更,必要时,户籍员要给双方"搭桥牵线"协商解决。我们的户籍员就运用了这种不尽如人意的"干脆法",把发帖人的身份证号码强行给予了变更。

随后,我急忙注册了该论坛会员,想方设法要和发帖人联系,准备协调解决这个重号被变更的难题!

次日,随队观摩检查,接到一个女子的电话,正是那个发帖人。由于观摩检查安排了一整天,我只好让她今日上午来派出所。

今天上午,去局里汇报工作,刚好接到发帖人的电话。汇报完工作,赶紧找户政中队的负责人,说明了情况。这位负责人比我还急,当即打电话给市局户政大队,户政大队负责人询问了发帖人的一些情况,当得知她的户口还没有迁出时,连忙对我说,可以变更回来,他就可以操作,也只有他有这个权利。同时,他询问了和发帖人重号的那个同学的联系方式,说他立即和发帖人所在的公安机关联系,通知那个女孩去当地派出所变更她的身份证号码。

发帖人坐在我的办公室里。我想让她看到户籍网上自己原来的身份证号码,卸下她心上的那块石头。却不巧,供电局检修线路,突然停电。

我真想骂娘:停电也不招呼一声,害得信息无法查找。只好让发帖人留下联系方式,电来了再说。

去附近找个面馆吃了碗拉面,回到所里,来电了,赶紧让户籍员上网查找,当明白无误地看到是发帖人原来的号码时,我赶紧拨通了她的电话,把这个喜讯告诉了她。电话里,她一再说:"谢谢,谢谢!"

我感觉怪怪的。本来不该发生的事,却因为我们简单的工作方法给她造成了莫大的麻烦和不便,理应我们要说声"对不起!"可是,善良的她却认为我们给她解决了困难而连声道谢。

挂断电话,我的脸颊微微发烧,一连烧了我好几个小时。

(2010年11月3日)

唐僧的影子

星期天,是紧靠312国道咸阳文林路段的花鸟市场(附近的人也叫它"狗市")逢集的日子。逛集的人很多,男的、女的、老的、少的,蜂拥而至。有鞋子沾满泥巴的农村人,也有穿着鲜艳漂亮的都市丽人。开着靓丽的小汽车,骑着"突突"的摩托车,驾着飞毛腿似的蹦蹦车,从四面八方拥来,在这个宽阔的空地上形成了一个人的海洋。

说是"狗市",其实,买卖狗的地方并没有占多少位置,而且还把"狗"的交易放在了市场最偏远的地方。星期天,天还没亮,那些卖凉皮、凉粉、豆腐脑的小摊贩早早占据了空地上的最佳位置,把那炉火烧得通红,等着赶早集的主儿。到了中午,赶集的人最多的时候,摊贩的叫卖声、鸟儿的叽喳声、狗儿的狂吠声、人们的嘈杂声,随着阵阵的花香在市场上空飘荡。

由于狗市紧临国道,没有几年,名声大振,咸阳南八县、北五县已早有耳闻,就连甘肃的平凉、庆阳也在传说,更不用说和咸阳加快一体化建设的西安了。

集市红火也给那些绺儿们(小偷)提供了"发财致富"的机会,不但咸阳、西安的绺儿经常光顾这个狗市,就连那些平时只赶乡村小镇土集的绺儿也想来这儿试试身手。

三月二十三日,星期天,又逢"狗市",西安北郊六十来岁的赵师傅"打的"来到咸阳,来到"狗市"。别看赵师傅年龄大,他的喜好可不少呢,琴棋书画,样样精通,尤其喜欢游览祖国大好河山,光顾乡野民间的集市庙会。他还有一个最大的爱好,就是通过相机把这看到的美景尽摄其中。

正午时分,赵师傅转悠到"狗市"买卖花草的地方,他被那形形色色鲜艳的花儿看呆了,只要有人去买,他都要围过去观赏,聆听着卖花人的讲述,了解这花草的名称、习性。正在他听得入迷的时候,肩膀突然被人从后面拍了一下,他回过头一看,但见一个二十多岁的小伙拉着一个留着平头的中年男子,问他:"您丢什么东西了没?"他条件反射似的用双手在口袋里去摸,随即叫道:"我的照相机不见了。"小伙子的手伸进那中年男子的上衣口袋,掏出了一个照相机,让赵师傅看了:"是你的吗?""是呀,是呀。"赵师傅赶紧说。小伙子却不把相机给他,亮出了自己的身份:"我是公安局的,麻烦你跟我去作个材料,打个领条,相机就还给你了。"赵师傅急忙点头答应。

中年男子被送到狗市附近的派出所,值班的警察给他戴上了手铐,押进了审讯室。那个穿便衣的小伙子和派出所的警察说了几句什么话,对赵师傅点了点头,匆匆走了。另一个警察把赵师傅叫到一间办公室,让他叙述了一遍相机被窃的经过。他说,他什么也不知道,要不是那个便衣警察拍他的肩膀,他还不知道他的相机被盗了呢。警察记完了材料,让他打了个领条,把相机递到他的手中。

"你可以走了。"警察说。

赵师傅没有说话,却没有走的意思。

"还有什么事吗?"警察问。

赵师傅犹豫了半天,才对送他的警察说:"能不能让我见见他?"

"谁啊?"

"就是偷我相机的那个人。"赵师傅终于说出了口。

警察纳闷了:"你见他干什么啊?"

"我想给他说几句话,给他讲讲做人的道理。"赵师傅说。

正巧,小偷的审查笔录也做完了,警察就让赵师傅过去,满足了他的要求。

"你看你,这么大的人,怎么还干这个事情?!"赵师傅说,"我跑南闯北,也见识了不少人,一眼就会看出这个人的好坏。可是,我怎么也看你不像个坏人啊。"

赵师傅说的确实没错,这个小偷,年已四十七八,留小平头,黑黝黝的脸庞,一副憨厚的农民模样,走在街上,谁也不会把他和贼联系在一起。可是,偏偏他就是贼。

赵师傅还在坚信他的观点,对这个"憨厚"的小偷发表着他的看法,他认为这个小偷一定是在万不得已的情况下才对他下的手。得到警察的许可,他从自己的口袋里拿出了一包烟,抽出一支,点燃,给了小偷(小偷的双手被铐在桌腿上)。他还要对小偷说什么时,警察制止了:"你给他说那么多干啥,他如果能听进好话,能悔过自新,也不会刚出来不到一年又干起了这个事情。"警察催促他快点回家。

从审讯室出来,赵师傅喃喃自语:"都怪我,都怪我,怪我没有装好相机。"

赵师傅走了,他依然在自责。我忽然想到了唐僧,想到了不分青红皂白、不辨人妖的唐僧,想到那个千变万化、杀人不眨眼的白骨精。就是因为白骨精的善于伪装,花言巧语,致使西天取经的唐僧不辨忠奸,不顾师徒父子一样的血肉情谊,口念紧箍咒,使徒弟头如爆裂一般的剧痛,却没有丝毫怜惜之意。

赵师傅多么像唐僧!只是,我们的警察却不是戴着紧箍的孙悟空。

后记:你看巧不巧,这个自称他在附近几个县集贸市场赶场儿的绺儿来咸阳只出过两次手,没想到都翻了车,而且,翻在同一个便衣警察的手里。第一次,他被劳教了一年,这一次,他会受到比第一次更严厉的处理。但愿我们的百姓对待犯罪就像对待过街老鼠一样,人人喊打,切莫做出像唐僧一样的糊涂事来。

(2008年3月28日)

这个女贼有点赖(上)

还是上个星期六值班的时候,凌晨四点左右,听见院子里有汽车发动机的声响,起来一看,是110处警队的民警。打开房门一问,原来是群众抓了一个贼,是个女的。

和110警车同来的一个男子我认识,是我们派出所原来办公地后面家属院的,却记不起他的名字。还没等我开口,他急着给我说,这女的晚上钻进家属院五楼一家屋里,被抓住了,主人查看房里,发现一个提包不见了,里面装有四百多块钱。

接了警,送走处警的民警,这时,所里一起值班的几个人都来到值班室里。我让值班的民警两人一组,对扭送女贼的两个群众分别询问,弄清事情的原委。

原来,五楼的一户住着夫妻二人,都是五十岁左右。女主人早已在主卧室休息,男主人晚上十一点多回家,在靠门的另一房间里打开电脑,玩起了游戏。凌晨三点半左右,女主人起床打开卧室灯,猛然发现床边有一个女人,趴在地上。她惊愕之时,地上趴着的人竟翻身站起,往房门外跑去。女主人恍然大悟:家里进贼了!也顾不得穿鞋,扑过去拉住了女贼的胳膊。女贼拼尽全力,往外挣扎逃跑,把女主人拖带到了客厅。这时,玩游戏的男主人听到客厅的响动,打开房门,看见妻子拉着一个女人的胳膊。女主人已经有点气喘吁吁了,喊道:"快,抓贼!"男主人才醒悟过来,过去给妻子帮忙,两人被女贼拖得跌跌撞撞出了房门到四楼。女贼没有了一点力气,像泄了气的皮球,跌坐在地面上。

这会儿,被惊醒的楼上楼下邻居纷纷过来,当得知情况后,有几个邻居看住了女贼,让女主人回家看看丢了什么东西。结果,女主人发现衣架上的一个提包不见了,里面装有四百多块钱。几个邻居商量了一下,让两个胆子大点的女邻居去检查女贼的身上,却没有找到那四百多块钱,只有女贼自己口袋里十几块的零钱。床头柜上的公文包还在,只是扔在了卧室地面上。

简单问完情况后,我们立即赶到现场进行查看。结果,在五楼和四楼拐弯处的废旧纸箱夹缝里,找到了失主家丢失的提包,里面却没有了钱。在废旧纸箱里,我们还看到了一个破旧的黑色皮包,打开一看,里面有小手电筒、螺丝刀等作案工具,还有几个较硬的塑料薄片(后经过审问女贼,是捅门用的)。

审问女贼的结果和受害人叙述的大体一致。这个女贼虽然只有四十多岁,却是一个几进几出的前科犯,她的丈夫和儿子还在监狱服刑,也是因为盗窃。她交代说,当晚凌晨时分,她从家属院大门旁边的小门缝隙钻进院子,溜到五楼,见失主家防盗门是老式的那种,把手从防盗门纱网空隙伸进去,打开防盗门,然后,捅开里面木门,进到受害人家里。虽然听到靠门那间房里有电脑的声响,但这大胆的女贼还是进到女主人熟睡的主卧室里,将主人家衣架上的提包偷到屋外,在楼道微弱的灯光下,取出了包里的四百多元现金,装在身上,把提包塞进废旧纸箱的缝隙里。当这一切得逞后,她的贪欲却丝毫没有终止,依然惦记着受害人家床头柜上的公文包,于是,她再一次溜进了受害人家里……

女贼盗窃的过程已经再清楚不过了,只是,这盗得的四百多块钱哪儿去了呢?

带着这个疑问,我们又一次展开了对女贼的审问。

天已经大亮了,虽然是星期天,派出所门前的街道上已经是车来车往,人流不断了。喝了杯茶,提了提神,等着前来接班的女同事对这个胆大的女贼进行一次仔细的搜身检查。结果,还没等所里女同事到来,刁钻的女贼终于交代了赃物的去处——原来,当受害人家的女邻居要对女贼检查之时,女贼趁人不注意迅速将口袋里的现金转移到她的裤头里,这是从来没有接触过搜身检查的女邻居想也想不到的地方啊!当前来接班的女同事让其脱掉裤子,拿出了塞进裤头里的四百多块钱时,我们都长长舒了一口气。

后来,这个女贼在我们要将其送往看守所关押时,又给我们出了一个不小的难题。就留到下次给大家讲述吧!

(2012年4月19日)

这个女贼有点赖(下)

拿着获取的各种证据材料,我们对这个女贼提出刑事拘留申请。因为这个女贼是入户盗窃,各种证据材料齐全,法制科很快审核了我们提请的刑事拘留申请,局领导也做出了"同意刑事拘留"的批示。当我们对其宣布要将其依法刑事拘留时,女贼的表情霎时有点不自然了,虽然她是几进几出的惯犯,可是,一想到又要在高墙内过那没白没黑的生活,她浑身还是不由自主地哆嗦了起来。少顷,她支吾着说:"我把胸罩里的钢丝吃进肚子里了,疼得厉害。"看护她的民警吃惊地说:"她的双手一直戴着手铐,不可能啊!"再次询问女贼,她装出非常痛苦的样子说,她是在110民警送她来派出所的路上趁民警不注意吃下的。

这可怎么办?

不管怎样,先去医院检查,弄清楚她说的话的真假。

还好,辖区正好有一家三级医院,经常为那些故意逃避打击的违法犯罪嫌疑人做检查。当然,检查是免费的,完全凭着和医院领导的私人关系。另外,基层派出所根本没有这方面的开支。于是,拨打了院长的电话,他让我们到放射科后再打电话,他好给当班医生安排,医生没有权利做出免费检查决定的。

把女贼拉到医院,放射科值班医生接了院长电话,赶紧把女贼带到透视室。医生说:"其他人出来!"我们看了看医生,又看了看"哎呀"作势的女贼。我们小杨说,还是他留下吧。医生明白了我们的意思,答应只留下小杨一人,边关闭透视室房门边说:"干警察还真不容易啊!"

在显示屏上,清楚地看见胃里一根发亮的长线,很少弯曲。医生没有说话,又打开透视室房门,检查了女贼的上衣,回到观察室,对我们低声说:"确实有东西,还不短呢,十来厘米长。"听了这话,我有点蒙了:这可咋办?如果关不进看守所里,怎样处理啊?放人,咋放?受害人知道了咋办?给她做手术,取出钢丝,谁去医院看守她?这不小的手术费用谁来承担?一连串的疑问在我脑海里闪现。看来,我已经无能为力了,只好拨通了局长的电话,向他汇报了此案出现的"疑难杂症"。局长听完我的汇报,稍微停顿了一下,对我说:"你们把人送到看守所去,先让关押,如果真要做手术,再说取保的事吧!"

有了局长的指令,我心里轻松许多,赶紧带上拘留手续把女贼送到看守所。看守所值班民警听女贼说她吃了东西,面露难色,给他们值班领导做了汇报。虽然平时这个值班领导还和我关系不错,当我说出关押女贼是局长的指令时,他还是不放心地拿出手机,当面再次请示了局长。挂断电话,他笑着说:这是工作需要,不是我不相信你。我也笑了笑:没啥!

谢天谢地,看守所答应收押女贼,只是让我们带上女贼再次去医院拍个片子,看守所法医说,他们好掌握情况,及时做出处理!

当我们把拍好的片子和女贼送到了看守所,转身要离开时,我看到了女贼那绝望的眼神。

一天一夜没有合眼了,躺在床上,很快进入了梦乡。

星期一上班后,案件组的民警告诉我说,这个女贼是个老油条,不知什么时候就吃进了胸罩里的钢丝,好像已经长在胃里了,不管哪个单位抓住她,她都装出一副刚吃下钢丝那种痛苦的样子,躲过了好几次惩罚。这回,没想到栽在咱人手里,硬是给关了进去。

不过,我还是感觉这起案件办得并不完美,总之,她的胃里还是有那么长的一根钢丝,还有,当我们将此事通知她的家人——也是她唯一一个在铁窗外享受自由的女儿时,我们看到了她眼眶里噙满的泪水和那无助的眼神。

这个女贼确实有点赖。

(2012年4月24日)

站好最后一班岗

等待人事任免的宣布犹如等待法官的宣判，让人心神不安，而当人事处处长宣读完人事任免文件后，每个人的不同表情都显现出来：有暗藏欣喜的，有故作无所谓的，有怒形于色的，有无可奈何的，等等。

我也从干了十几年的所长位置调到另一个部门任职。虽然在基层干了那么多年，后来提拔的同事一个一个变成了我的领导，心里感觉有点委屈，但细细想着政治部领导的话，感觉已经不错了——还有好多年龄相仿或者年龄比我大的优秀同事在普通民警的岗位上工作着呢。

宣布人事任免的日子正好是周五下午，交接

手续似乎来不及了,局长强调所有调整的人员必须站好最后一班岗,下周一再开始交接手续,到新的工作岗位。

正好轮我值班。昨天晚上,事情也不少。绿缘地热公司铺设新兴北路的地热管道,施工的民工和一家电焊门店的老板发生了争吵,两个民工挥拳将电焊老板打得鼻青脸肿,跑得无影无踪。寻找来带工的头儿,却说那两个民工是人力市场上叫来的,也不知名和姓,更不知住在何处。这个头儿也显得很烦躁,感觉与他没有多大关系,并说天气已经冷了,马上就要供暖,铺设暖气管道是市政重点工程。讲了一大堆理由,就是想推脱打人的责任。按理,直接打人的是那两个民工,可是,看到提着医院拍的CT片子,嘴角留有已经干了的血渍,肿胀着眼睛的受害人,我硬是没让这个带工的头儿离开。我给他讲了好几条他不能离开的道理,还好,这个工头最后配合了我们的工作,给受伤的电焊老板赔付了医药费,达成了和解。看到两人和和气气地离开了派出所,我感觉轻松了许多。和谐社会嘛,以和为贵。

刚要转身回办公室,却有一辆出租车开进了院子,停在办公楼前。司机急急忙忙下车,并从出租车上下来一个穿着干净的女子,这个女子有二十来岁。女子站在楼门口,一言不发。

出租车司机急急忙忙地叙说,他在文林路拉上这个女的,说是去西橡。到了西橡,又不知道去哪儿,给她要出租车费,她身上一分钱也没有,问是哪儿的人,也说不清。出租车司机着急了,就把这个女子拉到附近的派出所,可别的派出所都不接,说从哪儿拉的就送到哪儿去。司机说,他就这样拉着这个女子,从晚上八点跑到十点,几个派出所都没有接,只好送到我们派出所来了。我笑着说:这个女子说要去西橡,肯定家在那儿,或者亲戚在那儿,你跑这么大老远又把人拉回来,人家不接我们也不接。司机一听这话就着急了,哭丧着脸说:"这可咋办啊!"我对司机说这话时,站在我旁边的民警都偷偷笑了,因为,那个女子早就被我们值班的女民警领进了办公室,喝上了热开水。看了女子的表情,确实有些呆滞,但看她一身干净还稍时尚的穿戴,却不像完全失去记忆的人。等那女子情绪安定了以后,我们通过多种办法帮她回忆自己的家庭地址、名字等一切和她身份有关系的信息。这女子一会儿说她是兴平的,一会儿又说她是泾阳的,我们也从人口信息网上多方查找,没有收获。但是,我们没有放弃,那个女民警在和这个女子拉话的过程中突然听到这个女子说出一个电话号码,赶紧拨打这个电话号码。果然,电话那边听到一个焦急的女人声音,正是远在旬邑的这个女子的母亲,他们全家已经寻找这个女子大半天了,正着急的不知咋办呢!

原来,这个女子名叫燕子,家住旬邑,精神有点问题。平时在父母身旁,不太远离。中午和父亲说得不好,就悄悄赌气出来,坐上了旬邑开往咸阳的公共汽车。到了咸阳,已经晚上八点,身上仅有的三十块钱都买了车票,刚好看见一辆出租车停在她的面前她就上了车。她只记得她一个表哥住在西椽,却不知住在西椽什么地方,电话号码也不知道,加之一紧张,连家庭地址也说不清了,害得出租车司机在咸阳跑了两个来小时。说实话,这个出租车司机挺不错的,三十多岁的小伙子。

经过多次电话联系,又过了一个多小时,她的表哥终于从西椽来到了我们派出所。看到他们表兄妹相聚的那种喜悦的心情,我们也如释重负地长舒了一口气!

(2013年1月4日)

往事·社会

几度风雨，几度春秋，这风雨之中的故事依旧历历在目，真实的，虚幻的……

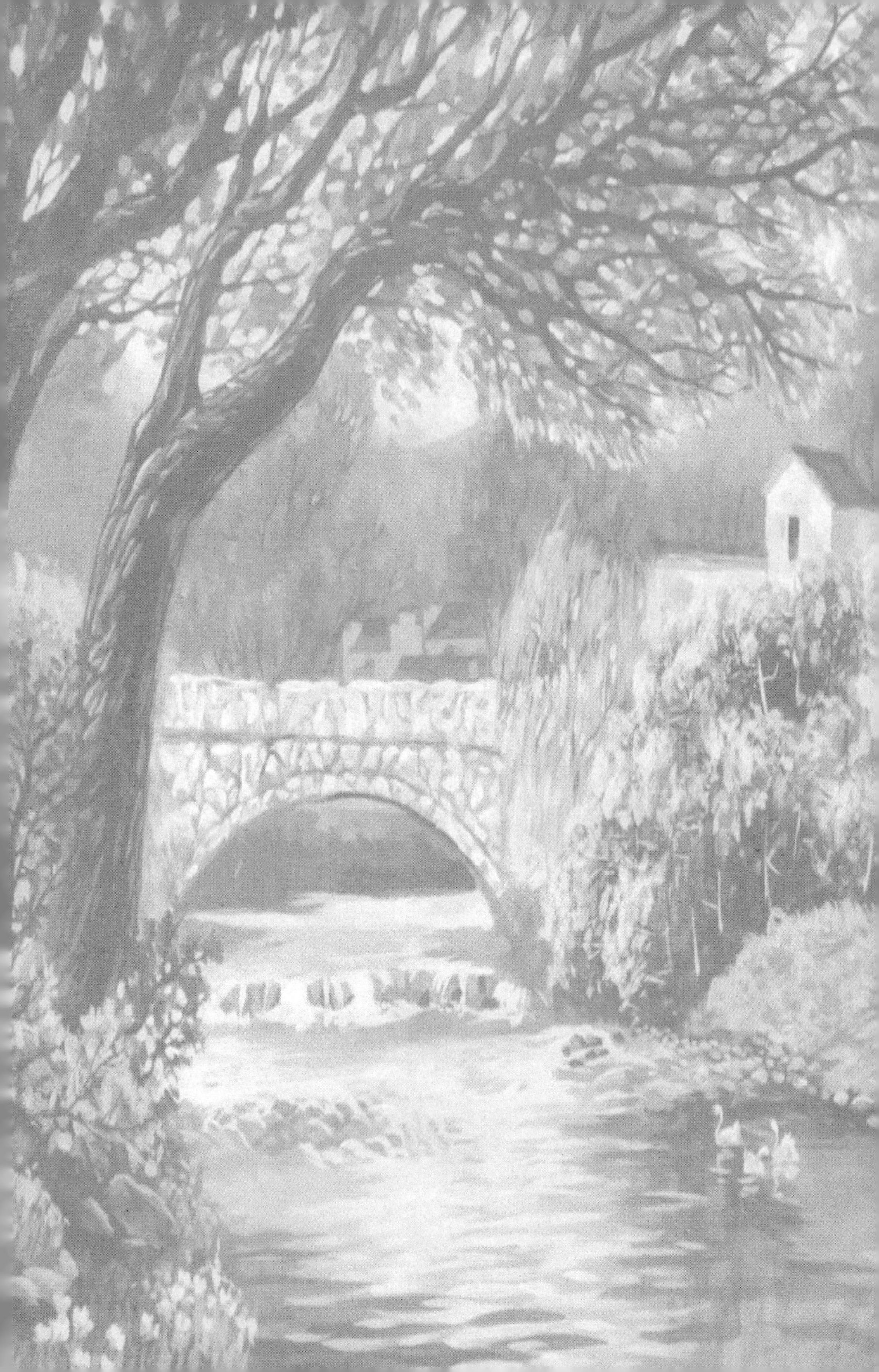

不为人民币服务

分局户政管理部门为了方便群众,更好地服务群众,注册了一个户政服务QQ群,要求各所户籍内勤都要加入这个群里,随时为群众提供户籍方面的咨询和服务。由于我所户籍员孩子小,要早晚到幼儿园接送孩子,根本没有时间上网,这不,在我的主动要求下,分局户政服务QQ群的管理员小吴就把我的QQ号加进这个群里,我兼起户籍咨询的事儿来。当然,这在不影响我的其他工作情况下。因为户政群里有十几个户籍员,离了我一个也不打紧。

这天下午,处理完别的事情,打开户政服务群,见里面有个群众说,她和前夫离婚,孩子归她抚养。可是两年多了,前夫的母亲就是不给她户口本,让她不能正常办理别的事情,她现在很着急,因为女儿马上就要上学前班了,需要户口本。有户籍管理员问她户籍在哪个所,她说了我们所的名字,那户籍员说:"'文林户籍'在群里啊,你可以直接问她!"当然,那个户籍员肯定不知道"文林户籍"不是真正的户籍员!

我详细问了她的情况,才知道整个事情的来龙去脉。前几年,这个网名叫做"无痕"的女子嫁给了户籍在我所的一个男子,由于丈夫常年在外工作,她只好和婆婆生活在一起,久而久之,婆媳矛盾与日俱增。后来,在其婆婆的唆使下,丈夫和她办理了离婚手续。由于她再三坚持,两岁的女儿归她抚养。可是,当她去要户口本办理一些事情时,婆婆一家却不给她户口本,前夫做婆婆工作也没有用。现在,孩子马上要上学前班,需要户口本,她不知咋办。听说有个户政服务群,就加了进来,求助于警察。

当然,这只是"无痕"的一面之词。是与非,只有见了她的婆婆一家人才能完全清楚。"无痕"最后要求看能否给她和孩子重新分户,另外办理一个户口本,方便她们使用。

按照公安部户籍管理有关规定,任何公民都无权扣押别人的户口本、身份证及由公安机关颁发的能够证明公民身份的有效证件。按照这个规定,"无痕"的婆婆不给"无痕"的户口本确实不对。于是,我打电话告诉老太婆所在小区的物业管理人员,让老太婆带上户口本来派出所处理有关事情。

其实,户籍的主管部门是公安机关,具体办理就是公安派出所,不是其他机构和个人,派出所也完全可以不通知这个婆婆而直接给"无痕"分户,有离婚协议和离婚证作为依据。可是,我为了缓和她们之间的矛盾,让婆婆来派出所的目的是给老太婆做做工作,她能自愿拿出更好。可是,一连几天,没有看到老太婆过来。

"无痕"的婆婆也不是太老,有七十来岁。

这天上午,我刚回到办公室,有个老太太和一个四十来岁的女人来到我的办公室。一问,竟是"无痕"的婆婆和她的大姑子。我说到"无痕"要户口本的事,老太太说:"给啊,她不来拿啊!"随后,老太太的女儿就诉说当年"无痕"的户口从外地迁往我们这个城市,她家跑了多少路,费了多少心,现在要拿户口,没那么容易!女人越说越激动,好像受到了多大委屈似的。老太太挡住了她女儿的话语,转过头对我说:"你把她(指"无痕")叫来。前两年他们离婚时,答应半年让我看一下孙女,她就是不让看,如果她让我看孙女,我就给她户口本。"我一看事情有转机,就赶紧给"无痕"打电话,让她马上来派出所。她说,她店里正忙。我告诉她,多忙的事先放下,这件事最要紧!当然,我只是从我的角度去认为的。"无痕"答应了。我给老太太接了杯开水,让她先等一会儿。

过了二十来分钟,"无痕"来了。是一个三十来岁的女子,穿了件紫色花儿的连衣裙,头发微微卷曲,黄黄的,似乎刚刚烫过。

她一进来,紧皱眉头和我打了声招呼,就坐在靠房门的一张椅子上。我给她说老太太要看孩子的事。她大声说:"不行!"我说:"孩子是你的不错,可是,也是老太太的孙女啊,都是血缘关系,咋能不让老太太看呢!再说,协议上也写着让半年看一次啊。"这时,老太太和她的女儿就面向我说:"你看看,她这个样子,我们能给她户口本吗?""无痕"喘了一口气,对我说:"不是我不让她们看孩子,两年多了,不给孩子一分钱抚养费。孩子他爸要给,都是她们拦着不让给。我让她们看什么孩子!"一会儿,三个女人你一句我一句互相指责,我根本插不进一句话。最后,那大姑子拉起老太太:"走,咱走!"我拦了她们,却没有拦住。那女人和老太太下了楼,发动了她的小车,"呼"的一下,驶出了派出所院门。

"你看看,她们就这样,""无痕"说,"本来我和孩子她爸过得好好的,就是被她们拆散的。"

我没有说什么,少时,我问她:"在这个城市还有亲戚或者朋友吗?"她想了想说:"有一个远房亲戚,不过,户口在另外一个派出所。"我说:"那好,你带上你的离婚证、离婚协议,再带上我们所开具的户籍证明,把你的户口迁到你亲戚的户口本上,以后,办事就方便了。"

她瞪大了眼睛:"行吗?那个派出所能接收吗?"我说:"应该行。你去那个派出所上户口之前,我会让分局户籍管理员通知那个所户籍室的,必要时,我就直接给那个户籍内勤打电话。""无痕"脸上有了笑容:"真的吗?那没有迁移证啊?"我告诉她,市内迁移现在不要迁移证,网上直接办理。

"无痕"高高兴兴地下楼去了。我心里却有点不很舒服,没有能够说服她的婆婆自愿拿出户口本,没有顺利地按照一般程序办理,我总感觉这件事处理得不很完美,虽然这样办也是符合公安部的户籍管理规定。

我深深地感悟到,清官难断家务事啊!

这天下午四点多钟,我正在办公室写一份材料,有人敲门,随着我应允的声音,门开了。我抬头一看,是"无痕"。她一进门就说:"谢谢你啊,户口办好了。"我苦笑了一下,说:"谢啥啊,这是我们正常的业务。"她说:"也没有啥感谢你。"随手把一张购物卡放在我的办公桌上,转身就走。我拿起购物卡,追了过去,喊道:"你这是干啥啊?!"已经追到她的身后,却没敢去拉她。她一路小跑着下楼去了。

我回到办公室,找到她的电话,赶紧给她拨了过去。她说,她已经在路上了。我对她说:"你赶紧来拿走你的购物卡!你知道不,我拿了你的卡,就等于你在我的脸上搧了一个巴掌!""无痕"在电话里笑着说:"不会那么严重吧?我是真心感谢你的。"

隔行如隔山啊。她绝对不会知道,警察的尊严是金钱不能替代的!

随后，我又给她打了几个电话，让她过来取卡。到了下班时间，她还没有来。第二天上午，我再次拨通她的电话，郑重告诉她说："你再不来取卡，我就让内勤把卡交到分局纪委那里，同时，我还要在户政服务群里予以公布。""无痕"停了一会儿，无奈地说："先放你那儿吧，我有空就过来拿走。"

隔了两天，她来了，见了面，有点不好意思地说："我当时是真心感谢你的，没想到，你把这和警察的尊严联系在一起了。好，我现在就拿走。"

我从抽屉里取出卡，给了她。她转身走了，走到办公室门外，回过头看了我一眼。我不知道，她看我这一眼有什么含义。她是看不懂我，还是看不懂我们这些当警察的，我无从知道。

从内心说，在这个被金钱腐蚀了的社会，我们这些干警察的，可能也有一些人抵挡不住金钱的诱惑，但是，大多数的警察是本着自己的良心和使命去工作、去服务的。他们服务的是人民，而绝不是人民币！

(2011年7月3日)

闷·热

一

天气很闷,太阳灼热,没有一丝风。树木、花草、行人,都无奈地承受着炙热的艳阳的烧烤。大街上平时欢快蹦跳的小狗,也无精打采地跟在穿着吊带裙子妇人的身后,懒洋洋地走着。妇人也没有挑逗它。

水泥路面暴晒着,"哧哧"地往外冒着热气。一股一股的热浪冲进了大街小巷,冲进了千家万户,冲进了这个城市的各个角落……

二

太阳快要落山了,温度却一点也没有降低。街上乘凉的人渐渐地多了起来,三三两两地坐在一起,摇摆着各色各样的扇子,拉扯着东家西家的闲话。或是三五成群的围坐在烤肉摊上,光着膀子,喝着冰镇的啤酒,享受着这高温带来的独特风情。

坐着不动,汗水就像毛毛虫一般顺着脊背直往下流。

三

穿着警服,是夏季的短袖警服。走进城郊村子的人家,挨家挨户去清查流动人口。张着有些黏糊的嘴巴,发出了沙哑的声音,询问着暂住人口的基本情况,核查着身份证上的信息。

"这么热的天,还查身份证,不要命了!"

"真真的神经病!"

隐约听见了不同的声音。

顾不得擦掉脸上的汗珠,任由它不停地流淌,查完了一家,再去清查另外一家。

夜深了,在那忽明忽暗的路灯下面,还有几个穿着警服走动的身影。

四

隔壁的小区门口,摆放着一个小小的摊点。摊主是一个戗菜刀磨剪子的老头。他穿着蓝色的中山装,黑色的宽腿裤,沾有些许的污垢。满脸皱纹的他严肃着一张黝黑的脸,一丝不苟地干着招揽来的活儿。两个穿着宽松筒裙的中年妇女站在老人摊点的旁边,扇着扇子,有说有笑。

"好了。"老人抬起头,对着说话的妇女说。接过刀,看了看,女人流露出满意的笑容,把一张已经攥出了汗的一元纸币扔在老人的长凳上。

老人拾起纸币,脸上的皱纹随之绽放开来。他咂巴着嘴唇,咽下了从嘴角流进的汗水。他笑了,笑得那样舒坦,那样甜蜜。

(2008年7月13日)

梦里，那个古朴的小镇

星期天，迷迷糊糊地睡不醒，脑子里做着各种各样的梦……

我还是一个派出所的所长，在一个小镇上。这个镇叫什么名字我咋都没有了记忆。镇子上人口不是很多，却驻扎着一个解放军的工程兵团，团部就在镇子正街上，离派出所不是很远。平日里，这个镇上最热闹的地方就是工程兵团部大门外那一块，各种各样的摆摊商贩都聚集在那儿。来往的行人和穿军装的解放军，让那个地方变得有些拥挤。吆喝声，叫卖声，在那一块上空不停回荡。按理，部队的门外都设有禁区，而这个团部门外却没有，老百姓在团部的门外可以自由行走。

有一天，部队突然开走，去参加作战行动。听说钓鱼岛那边已经开战了,我咋没有得到上级的通知啊!估计这个小镇离市里太远了,邮递员还没有把通知送来。不过,作为这个镇上的武装行政力量,派出所自然而然地承担起非常时期镇上的维护稳定工作。

从工程兵团部留守的士兵那儿借来几只钢盔,讨要的过程却有些模糊。拿回所里,所里同事问:要钢盔干啥啊,我们有啊。抬头一看,果然,派出所院子的树枝上挂满了钢盔,各种各样的都有。咋还有柳树枝编成的伪装帽子呢?细一看,不是柳树枝,是仿照柳树枝特别制作的那种。嗯,还是制式的呢!

好像是开着一辆绿色的老式帆布篷吉普车去镇子上巡逻,旁边坐着我的同事,都全副武装,头戴钢盔。汽车开着开着,开进了一个大沟里。原来这个镇子的街道是用青砖铺就的啊,什么时候出现了这个大沟呢?同事说,这个地方被开发商开发了,要给这里盖座大楼,这是挖的大楼地基坑啊。我瞪大了眼睛:咋能在街道上开发呢?

听着有人叫我,抬头一看,是所里内勤从二楼楼梯往下走,楼梯是在小楼的外边,我和一个同事正在楼梯下的院子里说话。内勤长什么样子也不怎么清楚,却穿着灰色的八路军的服装。内勤说,下班了,她先回家了。我说:你回吧。"你让我回到哪儿去?"突然,我被尖利的女高音吵醒,睁眼一看,妻子正站在我的跟前。窗外的阳光直直地照射在我的眼睛上。

我揉了揉眼,才知道刚才的一切都是做梦。妻子说,她刚叫我起来吃早餐,我却说,你回吧。妻子愣住了,就有了最后的那声大喊。

好梦?噩梦?妻子却不知道,她只是叫醒我吃早餐。可是,她却让我那梦中古朴的小镇不见了。何况,我还是那个小镇的派出所所长。这个早餐代价太大了。我不吃!

在派出所当了十几年的所长,对派出所总有着割舍不掉的情谊。那儿的街,那儿的路,那儿的小区、村子,还有那儿的人们。

再就是派出所的那一帮弟兄们、姊妹们。虽然已经调离派出所大半年了,那儿的一切还是难以忘怀。

当然,那儿也没有忘记我。派出所的同事见了我,依然还叫我"所长",他们说叫"大队长"拗口。那里的群众还不时地打我的手机,不管是我认识的还是不认识的,他们还在电话里咨询我户籍或者治安方面的事情。遇到这种情况,我先是热情地答复——凭借我多年的工作经验和掌握的政策。等答复完了,才告诉他们我已经调离了派出所,去了另外一个单位工作。他们就在电话里说,对不起,打扰我了。然后又说,谢谢,谢谢我给他们提供咨询。谢什么啊,就是几句话的事。

虽然我现在办公的地方还在我原来那个派出所的院内,也就是前后楼的距离,虽然我依然开着车从原来派出所治安管辖区的大街小巷穿行,但我却没有了主人的感觉,如同路人一般。虽然原来派出所辖区的单位、村子的领导和有的群众知道我调离后,埋怨我不告诉他们,打电话约我叙旧或者让派出所同事捎话叫我,我却不能答应他们,只表示了我的谢意。我怕频繁地应约不但会影响派出所新的领导工作的心情,而且会让我在感情上永远不能离开那个地方!调离了,就要有个调离的样子。

我是一个极重感情的人。对待人,对待事物,还是对待那一块土地,只要有了感情,很久都不能割舍。我知道这样不好。感情过于丰富,不是伤害别人就是伤害自己。可是,我不知咋的,就是改变不了。在这个新的单位里,我尽量不去直接办理一些具体的案子,我怕,我怕干的太具体了,又会对它产生了感情,无力自拔,就像我无法忘记梦中那个已经远去的古朴小镇!

(2013年7月7日)

念　狗

　　你什么时候来的我不知道。第一次见到你的时候你正站在户籍室的地面上，抬着头，看看这儿，又看看那儿。因为你看人的眼睛很温和，笑眯眯的，所以，来户籍室办户口的群众根本没人害怕你，就当你不存在似的。不管是男的，还是女的，不管是老人，还是小孩，你都一个样子，微笑着看着他们，摇摆着你的尾巴。

　　我大喊："谁家的狗啊？"没有人答应。户籍员赶紧停下她手里的工作，跑过来驱赶你。你可能听懂了我的话语，也可能看见了我生气的神情，连忙夹着你的尾巴，从户籍室的门缝跑了出去，从楼道跑过，钻进了值班室里。我紧追了过去，对值班民警说:"哪儿跑进来的小狗,赶紧撵出去!"值班民警呵斥了一声,你转过头看了看我,从楼门跑到院子里去了。

"不知谁家的狗,来所里已经两三天了,撵也撵不走。"值班民警说。也是,我一连几天都忙着开会、汇报,怪不得没有见过它。"可能是哪个群众来办户口,把小狗遗失到咱们所里了!"民警说:"这小狗挺乖的,也不叫唤,见到所里人和来办事的群众一声不吭,只摇尾巴,可是一到晚上,就蹲在所里的大门内侧,目不转睛地巡视着周围的情况。若是有人摇动大门,它就'汪汪'叫个不停,直至我们值班的人过去,它就停了叫声。再就是,这小狗挺通人性的,从不在楼道乱拉屎尿,都是去院子的杂草丛里方便的。"哦,听了这些我倒有些惊讶了,开始对你有了一丝好感,没有再催促民警去驱赶你。

你已经离开了主人,我们也再不忍心把你撵到外面去,让你和千千万万你的同胞一样,成为四处流浪的野狗。我们不能,坚决不能啊,因为,你也是一个有着灵气的生命!

看来,所里的民警都很喜欢你,不管是谁,只要在外面吃饭,都会想着给你带点东西:馒头、饼子,还有火腿肠。你刚开始也很艰苦朴素的,给你的馒头你会一粒不掉地吃干净,可是后来,你变了,只吃他们给你买来的火腿肠,只喝他们给你接来的纯净水。我开始有点讨厌你了,因为你已经有些变质,有些资产阶级好吃懒做的思想。然而,所里其他民警也确实很喜欢你,再加上你依然雷打不动地晚上在院子里巡逻,我终究没能发起我的脾气,把你扫地出门。你太瘦小了,和那些阔太太牵的玩赏犬差不多。对啊,你是不是哪个阔太太曾经牵引过的玩赏犬。我想,还是不可能,你每天晚上一刻不停地巡逻守夜,那些玩赏犬是做不到的,你绝对不是人家抱过的玩赏犬!

然而,后来你的一个举动,让我彻底改变了对你的看法。那天和所里的小何去食堂吃饭,小何笑着对我说:"你看咱所里那条小狗,也不怎么老实了。"我问:"咋了?"他说:"有个花白的小母狗寻上门来了!"哈哈,有这事?!我没有见过,似信非信,以为小何在开你的玩笑。可是,有天早上,我走出楼门,想去外面透透空气,却看见你和一条小花狗在院子里调情。你磨蹭着人家的前胸,亲昵着人家的脸颊,等人家激情荡漾的时候,你竟在光天化日之下爬上了人家的脊背。我再没有看你,我感觉我的脸上微微发烧,我转过身去,赶紧走出了大门。

饱暖思淫欲,在你的身上真真实实地体现出来!我思索着,采取什么办法让你能够离开那只风情万种的母狗。你不知道,"色"字头上一把刀,这是人类经过许许多多血的教训总结出来的一个真理啊!有天下午,我开车回所里,在离所不远的路边,我看到和你玩的那条小花狗正在和一条大黄狗纠缠不清,那条大黄狗和小花狗是什么关系我不太清楚。看到人家那个亲昵的样子,我猜那也不是一天两天的关系,你要和那条大黄狗去争去抢,你不要命了?!

我一定要想办法,想办法让你离开那只水性杨花的母狗!

在这之前,局长来所里检查工作,在楼道看到了你,也和我第一次见到你的时候一样,很生气地问我:"怎么让狗跑进来的?"我忐忑不安地替你辩解,说你怎么怎么迷失了方向,离开了主人,找不到回家的路,还说你非常听话,讲究卫生,坚持夜间巡逻护院,把你说得天花乱坠,局长的脸上才有了笑容:"听话就好,看能不能培养成警犬。"看看,你要进入警犬的行列,那身份就不一样了,身价也会大增啊。可是,我恨铁不成钢,你怎么竟迷恋起那条花白的母狗?你连人家的身份都没有弄清,就怎么敢上人家的身呢?你完了,确实完了!

上个星期五,午饭时,我们几个去重庆炒菜馆吃饭,大家故意多要了一份回锅肉,就为了给你打包带回。可是,回来却找不见你,问谁都说没有看到。几个辅警去外面找了半天,也没有找到你。我感觉不好了,我担心的事终于发生了。果不其然,你再没有回来。看不见你的影子,也听不见你的声音。你到底去了哪里?或许,你已经遇到了不测。这能怪谁呢?在人类世界,为情而死的不胜枚举,在你们狗类世界,也是这样的吗?!

你走了,再也看不到你,在我们的心里留下了一丝遗憾。为了你,也为了你们那个狗类的世界!

(2010年6月28日)

一件小事

　　静下心来,想起了一件事情。事情非常小,却令我终生难忘。

　　还是去年冬季派出所建设之中,十二月的一场大雪过后,雪还完全没有融化,路面非常的泥泞,我来到新所工地,看看管道铺设的情况。因为要赶在年底前搬进新所办公,所以,各项施工抓得非常紧。

　　新所工地安装门窗的、铺设管道的、焊接栏杆的,各人忙着各人的活。我见暖气管道接口那儿还需要做一口井,便给铺设管道的李老板说了。李老板叫来一个工匠,让我带他过去,看看那口井该怎么做。那个工匠过来后,我没有说什么,却感觉不怎么好。他有四十来岁的样子,留着长长的头发,穿了件黑色的上衣,由于没有衣扣,那根很显眼的红裤带头儿长长地吊在裤子前面。

这样的人能干出什么好活?我的心里直打鼓。

我给他指了指那口井的位置,做成什么样子,干什么用的,一一交代清楚,便准备离开。他却紧盯着我看,动了动嘴,似乎有话要说,却没有说出话来。看着他满身的泥土,还有那由于天冷冻得红红的鼻头,我问他:"哪里还没有明白?"他说:"这个都明白了。我知道你是派出所的,想跟你问个事。"

"有啥话你就说!"

他说:"我三个娃到现在还没有户口,大的已经上初二了,我不知道咋办。"

"孩子都上初中了,还不给孩子报户口,孩子以后考学怎么办?"我对着他说,有点数落的语气。

"我也很急,就是不知道咋办。"他说。

"那你以前没有去派出所给孩子报户口?"我问他。

他说:"原来没有计划生育指标,后来办好了计生手续,孩子的出生证找不见了。去村上开证明,村干部让我给他五千元,他替我去办。当时我没有钱,再加之我随后做了脾脏摘除手术,家里经济更紧张了,就再没有去找人办这个事情。"

我看着他,有点同情他了,只是依然讨厌他那头披肩的开始发黄的长发。

说到他的长发,他有点不好意思地对我说:"不瞒你说,我不是故意留这样的长发的,我是为了省那理发的钱。好久没有理发,头发就长长了。"

啊?!我吃了一惊。

他说:"我三个孩子,都在上学,家里种地,没有别的生意。我身体又不好,跟着人家干活,三天打鱼两天晒网挣不了几个钱。再说,欠人家的账还没有还完呢!"

看着他带着哭腔的叙述,我改变了开始对他的看法。

"你把孩子的出生证补齐,把你家的户口本带来,我给你们那个镇的派出所所长说说,把娃的户口赶紧给报了,不要影响了孩子上学!"

听了我的话,他连忙说:"给孩子户口报了,我一定感谢你。"

"你先不要说感谢的话,赶紧去补办孩子的出生手续。"我叮嘱他说。

新所的各项工程基本完工了,我们也如期搬进了新所办公。元月二十七日,我们举行了隆重的乔迁仪式,向社会宣告我们这个派出所终于告别了十余年来无房的历史,摆脱了那种寄人篱下的尴尬。

由于派出所刚刚搬迁,加之春节临近,各种各样的繁杂事务应接不暇,只是每当我看到那口暖气阀井时,我就想到了那个长头发农民工说的事情——那件在他看来非常大的事情。可是,却没有见他过来找我。当时着急,也没有问他电话,只记得他是塬上窦家村人,那他应该姓窦吧!我想,过了年,我去窦家村找找他,问问他怎么还不急着给孩子报户口呢!

快放春节假了,我们放假比社会上要早两天,因为牵扯换班休假的问题。这天早上,我还没有起床,有人敲我宿办室房门。我问:"谁啊?"却没有答话,也停止了敲门。我赶紧起来,打开房门,门外没有人。正准备关门,却发现蹲在门外一边的老窦。

"哎呀,是你!怎么不说话啊?"我问他。

他说,他在敲我房门时,我们值班室的同事告诉他说,我昨晚值班,忙到很晚才休息的。于是,他就没再敢敲我的房门。

我把他让进房里,他怯怯地站在我办公桌旁边,不停地说:"真对不起,打搅你休息了。"

我说："你来了就好,省得我去找你。"我指了指他身后的沙发,让他坐下说话。他说:"不坐了,我把孩子的出生证补办好了,你看还差啥手续?"

他从裤兜里掏出了一个塑料袋,拿出了一堆报户口的手续,三个孩子的出生证、准生证、户口本、血型化验单等,放在我的办公桌上,然后,又毕恭毕敬地站在我的办公桌旁。

"村上开的介绍信呢?"我看完了他的所有手续,问道。他说,他没有去找那个村干部,人家原来要他拿钱替他办理,他没有给钱,怕那个村干部不给开手续。他有点着急地问道:"一定要村上开的介绍信吗?"

我没有回答他,翻开了我们局里的通讯录,拨通了管理老窦他家户口的那个派出所所长的电话。

这个所长人也正直,和我私人关系也很不错。

"领导好!"我拨通了那个所长的电话,客气地说。

他听出我的声音,笑着说道:"能接到你的电话,不容易,有什么指示?"

呵呵,都很世故、客套!

我开门见山地说了老窦三个孩子没有报户口的事情,让他帮忙给签字审批。

听说没有村上的介绍信,他感觉有点为难。我说:"户口是派出所管,又不是村上管,只要真真实实有这个孩子,就应该报户口。"

停了一会儿,这个哥们儿想通了,也可能是给了我一个面子,说道:"派出所这边我给办好,分局户政上,我可不管啊。"

我从他的话里听出了意思,他答应了,我赶紧说:"局里我说,为群众解决困难,我想不会有什么问题。"

快要挂电话时,他突然问我:"三个孩子都超过了报户口期限,按理要交罚款的啊!"

我说:"这个人家里真的很困难,也不是故意要迟报的,就网开一面吧。"

他嘿嘿一笑:"该不是你给熟人说情帮忙的吧?"

我口气严肃地回答他:"我指天发誓,这个人确实和我不是什么亲戚朋友熟人关系,我真是感觉应该给这样的人解决困难。"

和这个所长通完话,我又给分局分管户政的领导打了电话,说明了整个事情经过。领导倒很通情达理,电话里直说:"只要是我们应该办的,一定办好,给群众解决困难。"

搁下电话,我给老窦说:"电话里已经说好了,你自己去跑腿吧!"

老窦还是有些不放心,问我:"电话里说,能行吗?"

我笑着说:"你先去试试,不行的话再说。"

老窦走后,我就忙别的事,这件事慢慢地就从我的脑子里淡忘了。

腊月二十五下午,我在办公室正看一份材料,老窦推开虚掩的房门进来了,我要跟他打招呼,他却反身关了房门。我迟疑间,老窦突然跪在我的面前,声音有些沙哑地说:"感谢你给我三个孩子报了户口,我给你磕头了!"我一下子明白过来,赶紧跑过去拉起他,责怪他说:"你咋能这样呢?给我磕的什么头,这本来就是应该办的啊,又不是什么大事!"老窦说:"不瞒你说,在我们家里,这就是一件大事啊。"老窦接着叙说道:因为他身体不好,挣不来大钱,家里经济紧张,加之三个孩子一直没有户口,妻子经常和他吵架拌嘴。这次,孩子的户口报上了,妻子也对他另眼相看,也能看到她的笑脸了。

我笑着说:"那就好!"

老窦着急地说:"我真不知道怎么感谢你啊!"

我说:"你快忙去吧,这有什么感谢的!"

老窦说:"那你们派出所还有什么活要干,我出点力,也算了却了我的一点心意。"

看他执拗的样子,我想了想,对他说:"安装网线给墙上打的孔你就用白水泥补了吧。我让人给你找好白水泥,你明天再来。"

老窦急忙拦住我的话:"白水泥我带来就是,要不了一斤,你就不要麻烦了。"

我一想也是,他们经常干活也知道在哪儿去找,就让他带来就是了。

老窦高兴地说:"我明天一大早就来,要不了半个小时就补完了。"

老窦走了,我的心里久久不能平静,我一直在想,在我们看来很小的一件事情,在老百姓那儿却是一件大事,或者是一件天大的事情!

老窦好坏也是一个五尺男儿,竟然在我的面前跪下磕头,可见这件事情在老窦的心里该有多么重要啊!

一有空儿,我的眼前就浮现着老窦在我面前跪倒磕头的情形,我的内心总是感觉有些不安。我想,以后的日子里,这种不安将一直陪伴着我,直到永远!

(2010年2月21日)

钱　师

炊事员钱师离职走了,下午一点半左右,我有事外出回来后发现值班室的床板上空荡荡的,上面只剩下几片包装箱的硬纸板儿,是钱师铺在褥子下用的。他的被褥以及洗漱品等日常用的东西都不见了。文书内勤小王在值班室坐着,木然地看着电视。

"钱师走了?"我问内勤。她说:"走了。小黄开车去送。"这么快就走了?我想他下午收拾完东西再走,没想到他走得这么急。"他要走时,我们几个叫他叔,都没有留住他。"小王苦笑着说。

钱师给我们干炊事员已经整整六个年头了。记得二〇〇一年初,我们派出所原来的炊事员因为家里事情太多,给我们做饭已没了心思,就让他走了。后来,一连找了几个炊事员都不合适,有一个仅仅做了两顿饭就走了。是啊,派出所的饭真的难做。不要看这么多人,吃饭却不是定数。有时炊事员按人数做好饭,快到开饭的时候,突然有案子,有紧急任务,开车就走了。什么时候回来谁也说不准。这一锅的饭就剩下了,下一顿就变质变味。炊事员也不敢把那剩下的饭菜留到下一顿吃,谁身体吃坏了,他也负不起责任呀。有时看着所里没人,饭做得少,临开饭时,却呼啦啦都回来了。回来就要吃饭,弄得炊事员手忙脚乱的直喊叫。

聘不下炊事员,就在我很着急的时候,别人给我推荐了钱师。刚开始说是每月四百元。钱师说:"行。"后来让钱师做完饭后看门接电话,顺便打扫楼道厕所卫生,每月五百八十元。钱师说:"行。"当天就把铺盖搬到派出所,铺在值班室的一个架子床上,这一铺就是整整六年。

钱师的名字没有人知道,我们都喊他"钱师"或者"老钱"。他高高的个儿,挺直的腰板,双眼皮儿,眼睛大而明亮,一副善良的面孔。其实,那年他来我们派出所做饭时只有五十二三岁,因为他那一头白发,让我们含糊了他的实际年龄,就连当时我们所里比他大几岁的老同事都称呼他"老钱"。

钱师干净、利索,他那一头的白发总是理得齐齐整整。虽然值班室是在楼前过道顺势砌起的,墙面坑洼不平,他却把床的周围用白纸贴得平平展展,床上的被褥叠得有棱有角,就连他的喝水杯、牙刷、毛巾都在床头的木凳上排列得整整齐齐。每天一大早,我们还在睡梦中,钱师就把楼道、卫生间打扫得干干净净,并烧好了满满的一桶开水。然后,等值班的干警来到值班室时,他才离开,去忙活他的事情。

钱师做饭花样很多,而且味道很好,却花不了多少钱。虽然都是家常便饭,他却总能做出不同的花样来。不管是擀面条蒸米饭,还是炒菜包饺子,他都能做得香喷喷的,让大家闻了味儿就流口水。大家说,吃了钱师做的饭明显感到体重增加了,害得两个女同事一度都不敢在灶上吃饭了呢。

钱师的家就在我们城市的西郊,是城郊村,离市区不远,他却很少回家。女儿已经出嫁多年,儿子在宁波工作。那年,钱师刚来我们所时,他得了孙子。老伴就被儿子接到宁波的城里去照看孙子,有时过年也不回来。这中间儿子也多次劝钱师不要干了,也去宁波居住,钱师却回绝了。他也不是不想去儿子那儿,他也不是不想和老伴在一起,他是怕去了那儿人生地不熟的不习惯。其实,他已经和派出所建立了感情,他已经有些离不开这个生龙活虎的集体,离不开已经相处了多年的派出所干警。

可是,这次他要走了。其实,他已经在一个月之前就已经决定要走了。不过,他把自己要走的想法一直憋在心里好多天没有说出来,直到上个星期天中午才对我说了。我当时听了很是惊讶,虽然在这之前所里的一个同事已经给我提说过了,可是,从钱师的嘴里说出来我还是不能接受。

"能不去吗?"我说。"这次不行了。"钱师有些为难地说,"老伴从宁波已经回来一个多月了,专门是叫我去的,一直在等我。刚开始,我还是不答应,最后老伴真的生气了,她说,如果我再不去她就不回来了。没有办法,我只好答应了。"钱师最后说,本来他答应老伴那天就要走,他告诉老伴再等几天,就是想再多给大家做几天饭。

我很感动,已经有些哽咽。我努力保持镇静,但声音还是有些颤抖:"钱师,你这几年给大家做饭,打扫卫生,为我们操心,大伙都记着呢。说句实话,你是给我这个所长帮了几年的忙啊。"钱师笑了,其实,这是多年来我看到的他最难看的笑。

钱师走了,我们的灶停了。所里也有些空空荡荡……

(2007年8月24日)

往事·社会　WANGSHI SHEHUI

天凉了

　　天凉了。天凉得这么快,这么突然,这么迫不及待。已经有了初冬的感觉。稍微刮点风,稍微落点雨,那冷飕飕的空气就会趁机而来,扑在脸上,侵入身体,竟有点让人瑟瑟发抖。

　　最能感觉天气变冷的就是那天晚上。白天阳光和煦,让人无法和冬天联系在一起。暖暖的阳光照在身上好惬意,好温馨,让人有一种昏昏欲睡的倦意。

　　一家企业宣告破产,还是这个城市比较有名的企业。干了几十年的工人顷刻之间没有了依靠,没有了这个朝夕相处的"大家",便聚集一起,围堵厂子大门,封堵厂门外的街道,一度造成交通混乱,社会稳定也受到了严重影响。其实,工作多年的工人们眨眼间没有了依靠,没有了生活的来源本来就是社会不稳定的因素。当家做主的工人们没有了工厂这个大家,怎么能实现"当家做主"?可是,企业破产,依法而行。法制社会,谁能置法律于不顾呢?

于是,作为警察的我们首先被调往处置堵门堵路的第一线,直接面对着我们的工人兄弟姐妹。说实话,执行这类任务大家都内心不安、于心不忍啊。可这是职责所在。于是,在夜深人静的时候,在大街两旁的路灯唉声叹气的时候,我们按照上级的命令,对围堵大门的工人兄弟姐妹开始进行劝导和疏散。于是,为了生存的工人们和执行任务的警察产生了肢体上的冲撞。有的警察警衔被工人揪掉,有的警察的大盖帽子也在地上滚来滚去,也有的工人在人群的拥挤中被挤掉了鞋子……

还好,大家都没有受伤,尤其是工人没有受伤,执行任务的警察们长长舒了一口气。

这时,刮风了,风特别的大;下雨了,雨特别的猛。密集的雨点打在人们的脸上感觉有些发痛。堵门的工人大多都回家了,还有几十个人站在警察的对面看着站在风雨之中的警察。

天冷了,冷得人不由得发抖。白天穿来的秋季制服已经抵挡不了寒气的侵入,可是,却没有人想着临阵脱逃。警察就是以服从命令为天职的,再冷再累,能有什么办法!

天凉了,想着失去工作的工人们,我的心似乎感觉到更加冰凉。这即将到来的冬天,这失去工作的工人们如何才能度过?

我不喜欢秋天,我害怕这秋天过后的寒冬;我不喜欢秋天,因为,我真的怕冷。

(2008年11月6日)

我"忽悠"了群众我不安

　　我们现在的工作,不管是案件的侦破还是违法犯罪嫌疑人的打击处理,不管是治安管理、治安案件的查处还是别的公安业务工作,上级都给我们制定了详细的量化考核细则,分配了定期完成的任务,如果到期不能按时完成,就会受到这样那样的处理。有的要求基层的领导去给上级党委说明情况,有的要求在全体干警大会上做检讨,有的就直接让你"引咎辞职"。

　　于是,大家都你追我赶地努力去完成局里安排布置的每一项任务,就怕排名落在别人后面。尤其像我们这些基层的负责人,就感到所有的责任都在自己头上一样——每一项处理的措施都是针对的我们。就好像我们的一个领导在一次打击非法传销会上所说的："不要看你们这些派出所的所长，官儿不大，责任却不小。倒查责任就是你们承担的。"听听，多么可怕。

就拿第二代居民身份证的颁发来说，上级也给我们下达了一定的任务。刚开始颁发居民身份证时，我以为这是一项长期的工作，是一个循序渐进的工作，一代居民身份证到期的时候自动更换成新的二代居民身份证。可是，公安部却限定了一代居民身份证的最终有效期限，并给各地下发了办理第二代居民身份证的任务。于是，这个任务就一级一级下发，这个任务也一层一层加压。这不，市局又给我们分配了一定数量的办证任务，截止期限为七月三十一日。这个时间以后，上级业务主管部门就要派人对各派出所的办证任务进行汇总评比，就要依次排名。丑话已经说到了前面，如果哪个派出所排到最后三名，派出所所长就要去市局说明原因，也就是当面去市局做检查，接受处理。

说句难听话，在基层干惯工作的我见了市局领导的面连说话都有些结结巴巴，如果去接受处理，我的腿还不知能不能站稳。当然，其他派出所所长也和我一个想法，大家谁也不想去挨那个训斥。于是，各个派出所都是竭尽所能地完成分配的任务。

我们派出所利用星期天休息时间继续为平时因工作没有空儿办证的群众加班办证，我们还多方联系，带着照相设备，为在外省外地施工而不能赶回的施工单位干部职工上门办证。采取了多种措施和方法，但离完成分配给我们的任务还相差甚远。看到别的派出所在各个小区、各个厂矿学校的公告栏、单元楼前等许多醒目的位置张贴通知，看到别的派出所办证的数量天天飙升，我焦急不安，不得已也想出了一个和别的派出所"通知"内容几乎相同的"紧急通知"，并亲自联系印刷了几百份，让户籍室联系各小区、各大专院校、各单位的户籍协勤人员迅速张贴，争取所有群众都能看到。

我们张贴的"紧急通知"内容是：贵小区居民（冒号，另起一行），接上级通知，我所集中办理第二代居民身份证的时间截至七月三十一日，望小区群众见通知后相互转告，速来派出所办理，逾期引起的不便我所概不负责。最后，署名并盖有派出所公章。

谁料想，这个"紧急通知"起的作用非常大。昨天到今天，来派出所办理第二代身份证的群众成群结队，我们派出所的大门还没有开，外面已经站满了群众。办证群众的队都排在了派出所门外的大街上。有些群众还为排队的先后争得面红耳赤呢。惹得过路的行人议论纷纷：派出所门前也有人排队，干啥呢？

看到群众真的宣传动员了起来，看到有这么多的人排队办证，想着如果按照现在这个状况，上级分配给我们的任务一定能够按期完成，想着自己不会去市局做解释、做检讨，心中踏实了许多。一不小心如果弄个第一第二，说不准还能受到上面表扬呢！

可是，当我看到站在派出所门外的人行道上排队的群众，当我看到在烈日的暴晒下每个人脸上滚动的汗珠，当我看到由于站得太久而不停地活动着麻木的腿脚的群众，我的心里却有些不安，有些难受，有点儿犯罪的感觉。

我感觉到自己是多么的自私，多么的卑鄙！为了自己的虚荣，为了自己不被处分，竟让这么多的群众忍受排队与高温的痛苦。

我"忽悠"了群众，我心里不安啊！

（2007年7月10日）

孕妇优先

这几天来我们派出所办理二代居民身份证的群众可多了,成群结队,熙熙攘攘,络绎不绝。群众等候办证排的队伍像一条长龙,头在我们的户籍窗口,尾巴都摆到派出所门外的人行道上。于是,因排队的先后偶尔引发的争吵天天出现,弄得我们哭笑不得。户籍室的民警在办公的同时还要不时出去维持一下秩序。

今天上午,还是老样子,还是这么多的人,冒着一大早热烘烘的高温,你跟着我,我跟着你,排起了长队。今天秩序比前几天好多了,再没有人为先后次序而争吵,但是,看得出因天热等候太久的群众脸上那焦躁的表情。他们都眼睁睁地看着从他们身旁走过的每一个穿便装的人,他们怕有人插队又耽误了他们的时间。其实,每个人都紧紧盯着他前面的那个,根本没有人能够插到前面去。

  我坐在办公室,思考着最近几天的工作情况,房门开了,我的一个很少见面的高中同学走了进来。"哎,能不能让我妈先照相。她年龄大了,走动也不太方便,再说,这么热的天。"同学进门就说。我说:"外面排队那么多的人,都等得急了,插队不好。"我想了想,给她出主意说:"让你妈中午吃饭时间来吧。我们户籍室中午不休息,照常为群众办理户籍和身份证。"然后,我又给她讲了有群众因为插队问题争吵的例子。她听了,好像明白了,又好像没有明白,反正是极不高兴又无可奈何地出了我的办公室。

  等了一会儿,我去户籍室,看看办证的情况。这时,值班的同事推开户籍室的门,对我说,有一个孕妇在门外站队,挺着个大肚子,直喘气。听说离预产期只有十天了,看能不能给照顾一下,先给照相办理。正说着,那个孕妇已经摇摇摆摆地站在户籍室门口,艰难地笑了笑,一副极其不好意思的样子。这时,已经排队到了窗口的几个群众都目不转睛地看着我。

  "给大家说一下,这个妇女再有十天就要生小孩了,这么热的天,她站久了会出问题的。大家看能不能让她插个队?"我大声说。没有人搭腔,窗口跟前的几个群众都沉默不语。"什么地方都有老弱病残孕妇优先的规定,大家也发扬个高风格,让这位同志先办吧!"我说这话时,窗口跟前的群众已经让出了一个空位来,只是仍然没有人说话。看着善良的群众默默地举动,我不由得有些感动,连声对排队等候的群众说:"谢谢大家了,谢谢了。"

  十一点多,我想着外面排队的群众可能已经没有几个了,就来到户籍室里。刚坐在椅子上却看到我的那个同学,她排队已经快到窗口了。我说:"让你中午吃饭时间来,人少些,你怎么现在来了。"她不好意思地说,她从我办公室出来后,看见那么多群众在排队,她也就跟在后面。排了一个来小时队,快轮到了。

听了她的话,我感到极不自然。虽然老同学很少来往,也没有让我办过什么事情,可是,今天她为了她妈妈早点照相,这么小的事情我却没能帮忙照顾,实在有些不通人情。况且,她妈妈也是年龄大了,腿脚有些不方便呢。

如果她不来我的办公室找我,如果她不是我的同学,如果她的妈妈是一个我不认识的老大娘,我或许早就像对待那位孕妇一样向群众做工作解释呢。

因为是我同学的妈妈,所以,我没能去向群众解释。

我真的难以启齿呀!

(2007年7月11日)

哀悼日中的婚礼

二〇〇八年五月十九日、二十日、二十一日是我们中华民族的哀悼日。沉痛哀悼在汶川大地震中遇难的同胞。

大地在默哀,苍天在呜咽,万物看到了中华儿女眼中的泪。

凑巧,我们派出所辖区一个村干部儿子的婚礼定在二十日举行。家里已经向所有亲戚朋友乡党发出了邀请,要改变婚礼的日子确实来不及了,只好如期举行。

我们派出所好几个同事也接到了邀请,却左右为难。去吧,在这个举国哀悼的日子,出现在那喜庆的场面,感觉有些别扭,良心也会受到谴责。

不去吧,这村干部多年来对我们工作的配合没有说的,况且,人家孩子结婚,是一辈子的大事;再说,警民关系,也就在这日常的生活中得以体现。

于是,我想出了一个万全之策:早早赶到婚礼现场,行礼祝贺后,找借口离开。

到了那个村子,看到街道上搭起了一个长长的宽大的帆布棚子,里面摆满了婚宴的桌子。我们赶到时,棚子里已经坐满了贺喜的人们。听说婚礼也就在那个大棚子举行。和村干部见了面,贺了喜。他脸上堆满了笑,光光的额头比平时更加光亮照人。我们几个被请到棚子旁边的一间屋子坐下,算是享受着雅间的待遇。

我正琢磨着"逃离"的理由,手机响了,是派出所的值班电话。接通,听到值班同事的声音,副局长来派出所检查抗震救灾期间的治安巡逻工作,让我快点回所。

似乎抓住了救命稻草。给村干部做了解释,发动汽车,逃也似的离开了婚礼现场。

晚上,在街上巡逻,同事告诉了我这个特殊日子里的婚礼情况。婚礼仪式举行以前,司仪严肃地宣布:请大家起立,为在汶川大地震中死难的同胞默哀!默哀过后,仪式就在一种庄严肃穆的气氛中进行。没有嬉闹,没有喧哗,只有心与心的碰撞,情与情的交融。当新娘甜甜地称呼新郎的父亲为"爸爸"、称呼新郎的母亲为"妈妈"时,当激动万分的爸爸妈妈把事先准备好的红包塞进新娘手中时,漂亮的新娘大声说道:"我不知道这个红包里有多少钱,我也不想知道这个红包里有多少钱。不管这个红包里有多少钱,我都要把它一分不动地捐献给灾区的同胞!"

寂静了片刻,婚礼现场响起了一片持续了很长时间的掌声。

这就是中国农民!这就是中国农民的胸怀!这就是我们八零后的中国农民!

听了同事的叙说,我感觉我那狭隘的想法多么幼稚,多么可笑!我为我们的村民而骄傲,在国家哀悼的日子里,他们举办了一场不同寻常的婚礼!

(2008年5月22日)

往事心痕 WANGSHI XINHEN

冲进大雨中的女人

　　天气很热,热得人喘不过气来。一会儿,太阳被翻滚的乌云严严实实地遮盖了起来。空气却格外的闷,格外的热。楼道里,等候照相办理身份证的群众个个热得满头大汗,手里的一切物品都成了他们驱热的工具。

　　云层越来越厚,越来越低,大气中的热气好像在云层的压迫下直朝地面涌来,有几个小伙子也顾不上周围排队的男女老少,更顾不上这里是派出所的办公场所,索性脱掉了上身的T恤衫,亮出了他们紧绷的胸肌。

　　起风了。先是一阵微风,轻轻地拂过人们的脸面,接着,树叶开始飘动,发出"哗哗"的声响。

突然,风力加大了许多,路边的树枝旋转摆动起来,扭动着它们婀娜的腰肢。地面上的尘土飞扬,地面上的纸片、人们随手扔掉的塑料包装袋被大风从地面上裹起,在天空中飘扬,白的、黄的、蓝的,各色各样,成了大风中一道独特的风景。

"雨来了!"人们喊叫着,兴奋着。

铜钱大的雨点"哗哗"地从空中落下,瞬间,地面上已经湿漉漉的。雨点落在地面上,溅起了许许多多的雨花。

大街上,行走的人们在这大雨的突然袭击下惊慌失措地奔跑起来,路边屋檐下、门店里,站满了躲避大雨的人们。办理完身份证的群众也都挤在派出所不太大的门口通道里,焦急地看着外面如幕的大雨。

空气凉爽了许多,刚才的闷热不知躲到了什么地方。

一阵风儿刮来,如注的大雨"哗"的一下向着人们站着的屋檐下卷来,吓得女人们赶紧向后退缩,单怕这无遮无拦的雨水打湿了她们身上那薄薄的衣裙。

突然,从人群的后面挤过来一个年轻的女子,她不由分说就要冲向外面的大雨里。

"雨这么大,等雨小了再走。"有人劝说。

"我的孩子在家,到喂奶的时候了。我回去晚了,孩子要饿坏的。"女子说。

没有等其他人再说什么,她一头扎进瓢泼大雨之中。

她只穿了很薄的一件连衣裙,她没有带任何遮雨工具,没有带伞,也没有穿雨衣,就连那盖头的塑料袋子她都没有。她扶起被风刮倒的自行车,也不管自行车坐垫上的雨水,把自行车推到路上,扭身跨上了自行车。

雨水淋湿了她的长发,雨水浇透了她的全身。那件粉红色的连衣裙紧紧地贴在她的身上,缠住了她那有些单薄的身躯。

看着冲进雨幕中的年轻女子,躲雨的群众感叹不已。有人说,这女的咋就这么犟,这么大的雨,也不听人劝。

狂风暴雨这会儿在她的眼前似乎根本不存在,她的满脑子里想到的就是自己嗷嗷待哺的孩子,她的眼前不停浮现的是孩子饿得啼哭的情景。

母爱崇高伟大,任何艰难险阻都无法阻挡!

(2007 年 7 月 18 日)

有一种感觉叫失落

昨天,局里一纸文件,一纸盖了大印的文件,把我所里的三个同志调走了,调到了其他科室,其他所队。

听到这个消息,我就有点着急,赶紧去找政治处主任。他说党委会已经开过,无法改变。到了下午,文书内勤打电话给我,说文件已经下发,我的心里更加慌乱,竟不知干什么好。

平日里在一起工作,也感觉不到什么,到了分手的时候,才感到在一起工作的珍贵。虽然以往工作有些磕碰,是管理与被管理的磕碰,是领导与被领导的磕碰。当那一纸文件要把他们调走的时候,那些工作间的磕磕碰碰全部烟消云散,浮现在我的脑海里的就只有他们的优点,他们工作中那一股拼劲,那一份无私的公心。

老李调到机关科室去了,应该是件好事,他再不会为派出所的鸡毛蒜皮的案件和纠纷奔跑,也不再为连续不断的值班、任务而疲惫,他可以好好过上几天机关的日子,过上几天正常上班、下班的日子。不过,从老李那双并不舒展的眉头中,我隐隐感到,他还是有点留恋,还是有点失落。

新升调走了,去了一个一级派出所,那个派出所办公环境和设施是全市一流的,有不少外地的同行都来参观学习。相比我们这个阴暗潮湿,还是租来的办公场所,那简直是一个在天堂,一个在地狱。新升应该很满意的。上午见到他,从他脸部不自然的表情之中,我也隐隐察觉到他的一种失落。"你不要我了。"他说。我极力在做着解释:局里调整人我一点儿不知道啊。可是,我感觉我似乎有点儿心虚。因为,在好多次所里的会上,我都这样给大家施加着工作的压力:虽然咱这个所里条件差,可是,要来这里上班的人多的是,如果有谁不好好工作,我就上报局里,把你调走。新升的话确实不无道理,然而,失去了这位同事,更多是我的失落和伤悲,因为,他是我们所里的骨干呀,还是我们局里二〇〇八年的先进个人呢。

特别让我失落的是文书内勤小王调走,就好像我失去了一只胳臂。这个从警察学校毕业就分配到我们所里的漂亮警花,六年来,经过所里老同事的传帮带,加上自身的高悟性,已经完完全全地成了派出所的支柱。文书内勤,在派出所里占据着非常重要的位置,当然,也是一个特别辛苦的岗位。各种报表,各种信息,各种台账,派出所的吃喝拉撒,局里的各种检查,都要文书内勤去准备,去迎接,去工作。这几年来,我之所以还比较"潇洒",还能偶然写写博客,参加参加有关文学的活动,关键是有一个让我放心的"总管"。局里的检查,材料、报表的上报等等事情她都做得得体、妥当,并屡次受到分局的表扬。小王却调走了,她调到另一个派出所去担任户籍内勤的职务,是一份女同志都羡慕的工作。她肯定非常满意。

调走了三个,调来了三个,人员的总数没有变化。局里还是按照原来的人数下达破案、打击处理指标。可是,调走的都是有着多年工作经验的老同事啊。

我特别担心,担心各项工作会落到后头;我特别担心,我不知什么时候要站在台前为了落后的工作而做出检讨;我更加担心,我们辖区的社会治安管理工作受到影响,辖区群众的事情受到了影响。

有一种失落的感觉。真的。

(2009年4月22日)

今夜又要无眠

　　今夜又要开始一周的值班了。

　　警察实在是一个奇特的职业,一个惹是生非的职业,一个极容易被社会关注的职业。干了这个职业,尤其是长久地干了最基层的警察这个职业,感触多,体会深。曾经伤心过,痛苦过,也快乐过,最后,只剩下这疲惫的身躯了。

　　想当年报考人民警察学校,多么的意气风发,斗志昂扬!想着能够穿上威武的警服,驾驶着摩托车,鸣着警笛,腰挎盒子枪,去追捕落荒而逃的罪犯,那是何等的自豪和骄傲呀!

　　终于,天遂人愿,成绩下来,达到警校的分数线,顺利地通过了体格检查,被录取了。那会儿,没有任何人帮忙,也没有人想到去找什么人帮忙。何况,从农家走出来的孩子,来到一个陌生的城市,见到的全是陌生的面孔,能去找谁帮忙呀?

感谢父母!感谢父母把自己生在那个年代,那个社会风气如此良好的年代!那个很少见到尔虞我诈的年代!只有在那个年代,才有公平的竞争;只有在那个年代,才有了我们农家孩子的美好未来!

自从干了警察,就一直在最基层的一线,也就一直和"值班"紧紧地联系在一起。不干这个职业不会明白,基层的警察一年大多的时间都要"泡"在单位,随时准备处置突发的事件。不管是刑警队还是派出所,都要有至少一半的警察晚上不能回家。当然,节假日就更不要说了。老百姓最清闲、最欢乐的时候,老百姓团圆的时候,就是我们最忙的时候,最不能和家里人在一起的时候。

有时静下心想,工作总是要有人去干的,尤其公安这个工作更需要有人去干。自己不干总得要别人去干,总要有人承担起这个社会的责任,总要有人失去家庭温馨的生活。于是,在经常值班不能回家时,在家里的什么都不能顾上时,在家里的妻子有了埋怨时,我就常常这么去比方,这么去解释,直到她糊里糊涂地点头认可。

当然,我们值班并不是在单位睡大觉,并不是只看好单位的门。不管白天黑夜,不管刮风下雨,也不管春夏秋冬,只要有警情,只要人民群众有需要,我们都会毫不犹豫地以最快的速度到达。

我们知道,虽然群众有时对我们不理解,虽然群众有时对我们有看法,甚至诅咒、辱骂,可是,一旦他们遇到危险,一旦他们有所求,他们首先想到的还是我们警察。能够看到我们警察的身影,他们的胆子也就正了,他们遇到的危险也就消除了。作为我们警察,只有看到群众的脸上出现了笑容,我们心里也就感到快乐。就好像我原来干刑警时,每每破获一起大案,每每抓到一名犯罪分子,我们就高兴,我们就举杯庆祝!

当然，群众对我们有意见、有看法也是合情合理的，因为我们的队伍里总会出现那么几个"败类"，总是有几只老鼠坏了一锅汤的情况。可是，在这个有着几百万成员的队伍里，出现那么几个"败类"绝对是正常的事情呀，千万不可以一代万，以点代面。善良理性的人们，多给警察一些宽容和理解吧！

今夜又要值班，今夜又要无眠。为了人民群众能够美滋滋地做着香甜的梦，我们宁愿守护在百姓的身边，一生无悔！

(2007年7月6日)

假若派出所下设……

看了《华商报》一月十二日"华商时评"里刊登的两篇针对醉酒者冻死街头的评论(《华商报》一月十日消息),身为基层派出所警察的我不由得情绪激动、浮想联翩,也不由得拿起笔来,针对评论里数说派出所警察的"过错"提出几点自己的看法。但愿世人能有一个理智的头脑,以一个平常心去对待和评论警察。

人们很难想象派出所的多种困难。警力少、经费缺(有些基层派出所根本看不到一分钱的经费)是老生常谈的事情,这两大"拦路虎"始终横在派出所的面前,严重阻碍派出所工作的高效快速运转。

近年来,经济的快速发展,人口的大量流动,许许多多的事情一股脑儿地涌到派出所,加之各种警卫工作、治安执勤、群体性事件等临时性任务,致使基层派出所像一个飞快转动的车轮,没有喘息的空儿。无休无止的行动,节假日的值班备勤让基层警察很难有机会去过一个正常人的生活。警察思想抑郁,心理压力越来越大。真是不在其中,不知其味呀。

评论中说的好,醉酒的人应该去派出所醒酒。可谁知道,那许许多多的困难和问题怎么解决?假若说派出所有足够的警力去干这事,它起码应有醒酒的地方;假如说派出所有醒酒的地方,它起码要有执行醒酒的人。这可是一个医学的问题呀!如果让不懂醒酒措施的警察为醉酒者醒酒,醉酒者没有醒来反而发生其他意外情况,那为人家醒酒的警察可就吃不了兜着走了。再假若派出所里有了医生,那还得有醒酒的设备,等等。即便是派出所下设了这么一个小小的"救助医院",也不可能让这些人一天二十四小时地值班备勤。最起码有个"两班倒"或"三班倒"什么的。如此这样,只要保证有充足的经费,派出所也可担当一些"救助"的工作。至于酒醒后没钱回家或者不愿回家的,派出所尽可能"人性化"地服务,多雇几个人陪他好了。这样的话,我们的警察总算"服务到家"了吧?

如果把警察不为醉酒者去醒酒定为"行政不作为",那警察"行政不作为"的事情就太多了:市政下水井盖被盗,市政管理处可以告警察"看管不力"的"行政不作为";受害者被盗或被抢,他们完全可以告警察"保护不力"的"行政不作为";吸毒人员嗜毒成瘾,危害家庭社会,其家属完全可以告警察"打击贩毒不力"的"行政不作为",等等。如果真这样,派出所的警力就远远不够了,他们还得广招"法律志愿者"到法院去为他们频繁应诉。如果真这样,世界将不知会变成什么样!

我原以为会评论他人、数说他人长短的人是一个思想健全、知识丰富、尊重事实的人,没想到,有些人只从自己狭隘的观点出发,公然违背客观事实去对别人妄加评论。这和强权理论有何两样？他们只觉得他们说了写了评论了出气了，可不知道，没日没夜战斗在一线的警察看了这些评论会是怎样的一种心情——他们的心在流血呀！

当然，我并不是说那些醉倒街头的人不用去管，我也不是说那些苦难有病的人不用去救助。我只是想说，到了社会分工越来越细的今天，政府应该组建一些比较完善的机构，多投入一些资金去解决这些社会问题——请不要再让警察不明不白地去背"黑锅"了。

（2007年1月15日）

干警察时间长了，竟有些神经质

干警察多年，尤其在基层待时间久了，慢慢地，感觉自己竟有点神经质。走在大街上，或者进入商场里，总要多回头看上几眼，看看周围有没有不三不四的人，有没有可疑的对象。夜半三更，听到某种声音，总要仔细分辨，看是否是有人作案的声音，或者是受害人呼救的声音，或者是其他让人怀疑的声音。好像谁都像坏人，也好像哪种声音都有怀疑之处。

前几天晚上，在家休息。正在梦中，忽然听到"哐当哐当"的声响，一阵快，一阵慢。从梦中惊醒，侧耳去听，却发现声音来自隔壁小区紧临着我们的一栋楼里,好像是金属磕碰的声音。一骨碌从床上爬起,悄悄来到窗前,将窗帘拉开一条缝儿,隐蔽在窗台的花盆后面去看,但见隔壁院子那栋楼一家窗外有个黑影在晃动。因为天黑距离远,看不清黑影的样子。听那"咣当"的响声,绝对是人为的响声。我忽然想到是不是有贼在撬那家窗户的防盗网。这时,妻子也被我神秘的动作惊醒,轻手轻脚来到了我的身旁。"怎么了?"她轻声问道。"有贼。"我说。顺着我手指的方向,妻子看到了那个晃动的黑影。

"就是有人。"妻子说。同时,我感觉她扶着我肩膀的那只手在微微发抖。"你在这看着,别出声,我去打电话。"因为我一时无法进入那个院子,只好拨打了分局的110。我的声音压得很低,只怕惊动了那个晃动的黑影。"110吗?有人撬防护网。"我说。因为声音很低,我重复了几遍,110接警员才听清楚了我的意思。"请你留下联系方式。"她说。"不用了,我是咱局里的。"

打完电话,我又赶紧躲在窗台上花盆的后面,目不转睛地看着那个晃动的黑影,等着在附近巡逻的巡警听到指令后早点赶到。那个黑影依然在晃动,那个声音依旧在响,还是一阵紧,一阵慢,歇歇停停。

我焦急地等着巡警的出现,我真怕那个盗贼撬开了那户人家的防护网,进入那户人家。也怕那个盗贼闻听风吹草动,逃之夭夭。几分钟后,我终于听到隔壁小区院门的开门声,也看到手电照射的光线,随即,看到了几个穿着警服的人影。可是,那手电光向东去了,那穿警服的人影也向东去了。怪了,自从那铁门有声响,自从看到手电的光亮,那个"咣当"的声音也没有了。是不是盗贼发现了进入院子的巡警?我这样想着,赶紧通过110接警员联系到带队的巡警,给他说明了具体的位置。于是,看到那几个巡警走了过来,打着手电仔细地搜寻。一会儿,那个带队的巡警回过话来:"没有发现可疑的人,也没有发现谁家的防护网有被撬盗的痕迹。"

没有就好。看看时间,已经凌晨四点,赶紧睡觉,明天还要上班。可是,躺在床上,翻来滚去却怎么也睡不着。

天亮,起床,昏昏沉沉。来到窗前,向外看去,看到隔壁院子那家窗外的一件黑色短袖在风中摇摆。

我猛地拍打了一下自己的脑袋,骂了自己一声:神经病!

(2009年8月8日)

放松的时候

放松的时候是每值完一个星期班的时候。在值班的这一个星期里，不能有一丝一毫的马虎和懈怠，人要时时刻刻停留在工作岗位上，不管白天黑夜，不管刮风下雨，也不管春夏秋冬。值班的时候，一有警情，必须按照上级规定的时间赶到处警的地点。值班的时候，一有案子，便要马不停蹄地调查，要在最佳最快的时间里获取最有力的案件证据。值班的时候，那些请求帮助的群众，眼巴巴地盼着你帮他们解决遇到的困难，他们把所有的希望都寄托在警察身上；虽然他们或许曾经因为对警察的偏见埋怨过警察、谩骂过警察，而这个时候他们最能想到的却是警察，他们以为遇到困难的时候警察就是神仙，就是什么问题都能解决，什么困难都不在话下的神仙。

这样高强度的值班，身体和心理始终处在紧张的状态，神经老绷得紧紧的，以致身体的零部件早早地耗损掉，早早地消耗完，更不用说身心受到的不公正的待遇。这也就是警察比同年龄的其他工作者显得老成的原因。我想，"警察叔叔"这个称谓可能和这个原因有着或多或少的联系吧。

有人会提出这样的问题：我们值班、加班，每月拿到的值班费、加班费肯定不少，或者说，我们就是为了多拿钱才没白没黑的值班。这儿，我把掏出心底的话告诉大家：我们值班、加班，没有一分一厘的费用，我们警察干的就是这服从命令、听从指挥的活儿。就是没有任何费用，你也得无条件的值班、加班，而且还要把工作干好，不能出现差错。钱虽然你挣不到，责任可是老老实实地担在你的肩上。一旦你有闪失，上级制定的那些条条框框非得套死了你不可。

不过，既然干了警察，既然干了这个职业，也就不会有什么怨言。无怨无悔，是我们当代警察常挂在嘴上的豪言壮语！

其实，基层警察的工作性质也就是这样，不怨天，不怨人。处在这个现实的社会里，就必然有警察这个职业存在，就必然有这么紧紧张张的警察生活。

于是，要学会放松，自己学会给自己放松。给身体放松，给心放松。值完一个星期的班，当星期五的下午快要下班的时候向别的同事交完班，整个人就好像一下子瘫软了一样，不知道自己的四肢还能不能活动，也不知道自己的骨架还是不是存在。硬打起精神回到家，往沙发上一靠，往床上一躺，感觉舒服至极。不知道人间天堂在什么地方，也不知道人间天堂什么时候出现，这个时候，自己感觉似乎已经步入了人间天堂！

不去想工作的事情，不去想哪个案件办理的进度，让身体好好地放松放松，让身心好好地歇歇脚。享受着家庭的温馨，享受着常人的生活，把那乱七八糟的事情抛到九霄云外。一切的恩恩怨怨，一切的是是非非，见鬼去吧。

放松的时候，就是什么事情也不要想，也不要做。起码我这样认为。不过，这样的放松也很害怕，它使我联想到整天躺在床上的植物人。

看来放松的时候，我还是不能放松。

（2007年11月15日）

大妈,这不是钱的事

有天下午三点左右,我正在办公室办公,突然听到户籍室那边传来吵闹声。我忙放下手里的工作,跑出了办公室。

说句实话,当派出所这个家挺不容易的。既怕工作搞不好,拖了分局的后腿,又怕干警在外面工作中出什么差错,惹下乱子;既要让户籍室、办公室按原则办事,又怕在接待群众不周时和群众发生口角,影响了警察的形象。所以,每听到派出所内有吵闹声时,我的神经都不由得紧张,心跳加快。

来到户籍室外,看到一个老大妈正挥动着手里的拐杖,对着户籍室内大声吆喝,骂的话不堪入耳,并做出要用拐杖砸户籍室玻璃隔档的样子。吓得另外两个办户口的群众不敢靠近窗口。我急忙劝住老大妈,询问户籍室小王事情的缘由。小王委屈地说:"这老人两天前来所里办二代身份证,所里按规定收了她二十元钱。可今天上午,老人来所里非得说收了她一百元,要让给她退钱。可是,我真没有收她那么多钱。"小王说着就哽咽着哭了起来。我想,我们户籍室的同志素质再差也不可能多收八十多岁老人的钱呀!我看到老人年龄确实大了,有些迟钝,估计老人弄错了,就给老人做解释说明。老人也不知唠叨了些什么,又用手指户籍室同志,说谁多拿她的钱不得好死。

我把老人安顿坐下,细细询问,才知老人上午到派出所来问过,回去后,她把她认为的派出所多收了她钱的事讲给家属院的几个老人。老人们听后很是生气,鼓动她下午再来派出所闹闹。

看到老人摇摇晃晃的样子,我心里真不是滋味。我真想从自己口袋掏出一百元给这位老人。可是,这不是钱的事呀!这牵扯到我们派出所的声誉,更牵扯到我们警察的形象呀。如果把钱给了老人,那我们肯定会落个乱收费的罪名!我实在没有法子,只好打电话给老人的单位。单位办公室一位领导听了,连忙解释说,这老人年龄大了,忘性也大,千万不要见怪,并说单位马上来人接回老人。

老人被单位接回了,我的心里却不能平静。我很感谢这单位的领导,如果没有他们的支持配合,我竟没有任何办法处理这事。还好,老人在我们派出所吵闹时,没有碰到上级各种各样的明察暗访。如果真运气不好,碰到这些明察暗访的上级,我们可真就跳进黄河也洗不清了。

(2008年5月5日)

电话里说不清

近几年,黑恶势力犯罪愈来愈猖獗,严重危害到正常的社会治安秩序,影响到国家经济建设的快速发展,影响到社会的和谐稳定,到了该动大手术的时候了。

目前,我市"打黑除恶"的专项行动正在雷厉风行地开展。市委、市政府要求公安机关把这项工作当作年内的首要任务,并明确提出了此次专项行动的目标:力争打掉活跃在市区的所有黑恶势力团伙,净化社会风气,确保全市社会稳定,经济健康快速发展。

星期一,上午九点刚过,分局指挥室打来电话通知:市委书记一行要来我局检查"打黑除恶"工作。按照书记平时扎实的工作作风,一定会到每个派出所实地检查,分局要求各派出所要在辖区主要街道、路口悬挂"打黑除恶"方面的横幅,张贴标语、公告,大力营造打击黑恶势力的声势和氛围。标语、横幅没有统一的内容,由各所自定。

例会刚刚开完,片警都已下去工作,再召他们回来安排这项工作就耽误了时间。再说,这横幅、标语也有个制作、书写的过程呀。我顺手拿起电话,翻开辖区单位的通讯录,一个一个地通知了起来。

好在辖区单位和派出所平时关系也不错,工作配合得很好,不到半个小时,大多数单位都已明确了任务,分头安排布置去了。在给一个城中村的书记打电话时,却遇到了麻烦。

手机打通后,听见里面吵吵嚷嚷、噼噼啪啪的声响,好像在集贸市场上,又好像在什么庆典婚礼的现场。

"谁啊?"书记问。

"我呀,听不出我的声音?"看来,他确实听不清楚,我就自报了家门。

"哎呀,是你啊。"书记终于知道我是谁了,说:"有什么事情,只管吩咐。"

"你们村要在东西村口各悬挂一条横幅,晚上就要挂好啊,明天要来检查。"我对着手机大声说,办公室里都能听到"嗡嗡"的回响。

"什么?横幅?什么横幅啊?"书记大声问道:"一条不行吗?"

"不行!两条。"我说,"又不是集市卖猪娃,还讨价还价呢!"

稍停,听见村书记和旁边的人说话的声音,好像和谁在商量呢。

随后,书记问我:"横幅的内容是什么啊?"

"就是'打黑除恶'方面的内容。"

"具体是什么啊?我们好写。"村书记在电话那头喊道。

我稍微思考了一下,对他说:"一条的内容是'把打黑除恶专项斗争进行到底!'"

"什么'一捅到底'?"书记大声问。接着,他说:"我听不清,让会计接电话,你给他说。"

然后,是村会计的声音:"你说,我记。"

我又重复了一句,他在电话里这样嘀咕着:"把打黑除恶'运行一体'。"

我赶紧喊道:"是进行到底。"

他好不容易听清楚了,复述了一遍,又问另一条内容。

我说:"打黑坚决,除恶务尽。"

"啥?打黑'颠簸',除恶'共尽'。"

"错了,错了。"哎呀,什么乱七八糟的。颠颠簸簸的怎么去打黑啊?除恶共尽?在强大的国家机器面前,我们有必要和黑恶势力同归于尽吗?

我哭笑不得,连说了几遍,他就是听不清楚。没有办法,我只好对他说:"我让人去你们村里。"

挂断电话,我马上拨通了片警的手机,让他立即去找村书记,按时悬挂好横幅,张贴好标语。

中午饭时,在派出所的餐厅,我忽然想起悬挂横幅的事情,就问那个片警。他笑着说:"你猜怎么着,那村会计在一块巴掌大的纸上歪歪扭扭地写着你电话里告诉他的横幅内容。一个是'把打黑除我(陕西地方方言把 wo 发音为 e)进行到底';另一个是'打黑点拨,除我共尽'。更有意思的是,会计对我说,你在电话里对他最后一句说:'你们村都是恶势力。'"

妈呀,他竟把我对他说的"我让人去你们村里"听成"你们村都是恶势力"了！

　　我实在忍不住了，刚吃进嘴里的米饭喷涌而出。

　　哈哈，哈哈……

　　电话里真的说不清啊！

（2008年4月8日）

冬 夜

我是一个特别怀旧的人,对于曾经经历过的,曾经拥有过的,曾经留恋过的事物,总念念不忘,以至于我的脑海里残存下许许多多的东西,有用的,无用的,把有限的脑子挤得满满的。记得多了,也就有些分不清条理,真要回忆某些事情,却怎么也想不起来。

前几日贴在博客上的《纪念日》那篇小文章,贴完之后又想了好几天,自己都笑起自己来,怎么突然想起这个话题,怎么去替"古人"操心。这样想着想着却被一股冬天的寒流冲淡了去,以至又不得不面对这寒冷的冬季。

寒流来了,人蜷缩了,躲进了放着暖气、生着火炉的四堵墙里；街上静了，没有了春天的妩媚，夏天的火热，秋天的伤感。到了夜里，街上更是出奇的静，只有那紫黄色的街灯发出冷冰冰的寒光，才给这死一样静的大街带来了一丝丝的活气。

其实，这夜也不是绝对的静。在灯光照射不到的地方，总有一些跳梁小丑在蠢蠢欲动。

到了冬季，天短了，夜长了，人们的户外活动也少了。趁着黑夜，那些狂妄的盗贼出没于居民楼群之间，出没于大街小巷的阴影之下，入室盗窃居民钱财，砸坏车窗玻璃盗窃楼群间或者大街旁停放的轿车内的财物，或者车辆的配件……

猫鼠历来就是天敌。"羊爱上狼"的故事也永远只是天方夜谭（至于以后物种进化到天敌之间能够和谐相处，鼠爱上猫或者羊爱上狼那是另外一回事情）！

盗贼猖獗了，警察出动了。

在夜的寒风中，我们头顶国徽，肩扛星辰，巡逻于大街小巷；在夜的黑色里，我们睁大着一双双眼睛，扫视着一个个黑暗的角落，搜寻着一个个可疑的地方。风，吹冷了我们粗糙的脸；霜，染白了我们乌黑的眉；路，在我们的脚下一点点延伸……

夜很静。走在有些冰冻的水泥路上，体会着夜的美好，夜的吉祥。想象着在夜幕之下，在一幢幢的楼房里，人们安详地做着这样那样的美梦，我们的心里宽慰了许多——这也是我们巡逻的目的所在啊！

这绝对不是我们的豪言壮语。我们和所有的劳动者一样，付出了就想得到一些收获。人们能够安详自在地在这个寒冷的冬夜做着各自的美梦就是我们最大的收获。

我们在寒夜中巡逻，我们在黑夜中履行着自己的职责。我们也需要精力上的补充，我们在晨曦来临之时倒在床上，似睡非睡地进行休整。我们却没有足够的精力去接待上午来单位办事的群众,于是,就会听到来所里办事的群众的怨言。"干什么呀,一个上午也找不到片警。"解释说,晚上巡逻上午在家休息。听到极不满的嘀咕:"晚上巡逻白天就不上班了?我的事情怎么办啊?"说完,有些生气地出了派出所的门。

　　警察无语。

　　冬夜,只有冬夜才能知晓警察的一片赤诚之心啊!

(2007年12月10日)

心痕

人生在世，难免总被情缠绕，总为爱断肠，总为世事而烦恼。作为我，这情、这爱、这烦恼，已不单单是那狭义的……

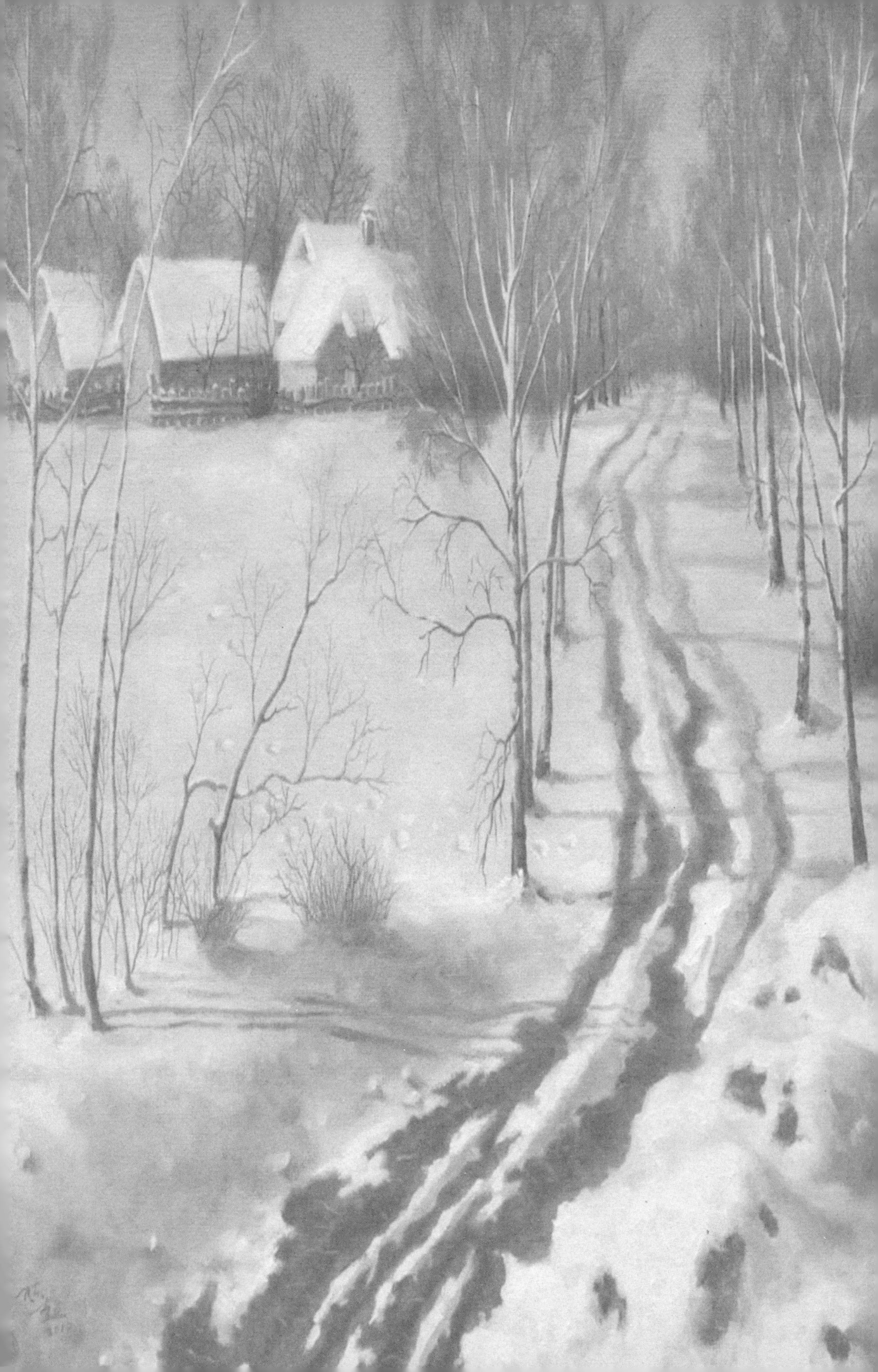

寻找春天

　　天刚麻麻亮时,你就起了床,坐在梳妆台前,对着镜子,认真地搽粉描眉涂口红。你脸上的笑容掩饰不住你内心的激动。你整夜都没有睡着,你构思着你的一个大胆的设想。眼看着这个大胆的想法就要变成现实的时候,你怎能掩饰自己内心的亢奋和激动?!

　　这是一个周末的早晨,你忘记了你工作中的不快和烦恼,你要去实现你在夜晚大胆构思的设想。你画完淡淡的妆后,打开衣柜,把你那五颜六色、各式各样的衣裙拿出来对着镜子在身上比画,最后,你还是选择了那件你非常喜欢的既大方庄重又不失青春朝气的黑色呢绒短裙和那件带着金丝的开襟小褂。你轻轻地拉开了屋门,踮着脚走了出去。你不想因为你的大胆行动打碎了周围邻里的美梦。

你要去寻找春天——这是你已经酝酿了很久的宏伟计划。

你走出这个正在苏醒的城市的时候,天已经放亮了。你迈着轻盈的脚步来到郊外的田野。有个老农正吆喝着耕牛在犁地,在人和牛的身后已经是一片新翻开的泥土。新翻开泥土的清新气息直扑入你的鼻孔。你陶醉了,微闭眼睛伸长脖子美美地吸了一口这香喷喷的黄土地的气息,等你睁开眼睛时,老农吆喝着他的耕牛已走到你的跟前。

"大伯——"你有些不好意思地开口叫道。老农"吁"的一声停住了脚步,目不转睛地看着你,好像遇到了下凡的仙女一样。

你弯腰掬了一把新翻的泥土,捧到老农跟前,轻声问:"这就是春天的气息吗?"老农没有说话。他点了点头,旋即又摇了摇头,吆喝着他的牛去继续他的活计。

你似乎得到了答案,又似乎含含混混。你在揣摩着老农点头和摇头的含义,却始终没有弄明白。

太阳已经探出了头,人身上也微微有了暖意。你又折身沿着来路返回城里,你要去最能代表春天的地方寻找春天。

你来到紧邻湖边的路上,路边的柳树已抽枝发芽。你高兴极了,你想,这下可找到春天了。你对着绿茵茵的柳枝大声问道:"这就是春天吗?"你的话音未落,一阵清风吹来,柳枝儿随风摆动。你站在柳枝下等了很久,那枝儿却摆动不停,丝毫没有停下来的意思。你无可奈何,只好挪动了脚步。

你来到一望无际的湖边,站在湖边的码头上,看着碧绿的湖水不禁心旷神怡。你张开了双臂,没有了平日的温文尔雅,大声喊道:"春天在这里吗?"刚才平静的水面突然泛起了道道涟漪,直向岸边涌来,与湖岸碰撞激起水花。跳跃的水花溅湿了你的裙摆,沁入你的肌肤,一股凉意瞬间传遍了你的全身。浪花没有跟你说一句话,摇头摆尾地看了看你,又向湖的那边退去。

你没有拉住浪花的尾巴,也没有听到浪花的回答。你有些失望地沿着湖边的小路向西走去。走到一片小树林附近的空地,你发现有一群锻炼的老人。或许,这些早起的老人能够看见春天的影子。你来到一个舞长剑的老人跟前,等老人舞完一套剑后,你向老人提出了自己的问题。老人童颜鹤发,满面红光。他捋了捋下巴的冉冉白须,爽朗笑道:"你怎么找起春天来了?"

你百思不得其解,迷茫地看着老人,等着老人的下文。老人看着你痴痴的样子,又"哈哈"笑了一声:"你就是春的使者呀!"

你低头看了看自己,脸上不由得泛起了红晕。这时,太阳已经挂在半空,明媚的阳光照射着大地万物。人们的阵阵欢声笑语从远处传来。草儿绿了,鸟儿叫了,花儿开了,柳枝抽芽了——春天紧跟在你的身后来到了。

(2007年3月25日)

心有没有归宿？

　　人在这个世上，七情六欲皆由心起，人可以看见身体活动，却看不到心的去向，心不知去了哪里？或者，人已经离开了这个世界，心又去了何方？闲暇之时，思考这个问题，实在伤神费脑。心儿究竟飘荡到什么地方去了呢？

　　人可一日无食，却不可一刻停止思维，很少有人能够把自己的心安安稳稳地存放在自己的胸腔里。当然，把心永久地放在胸腔中也不现实，除非他已经变成了植物人没有了思维，而有思想的人那颗跳动的心更是不会安分，它总寻找着适合它去的地方。

　　人生理上的心只有一颗（据说，发现有双心

脏的人也只有一颗心在活动),而这颗心要在人生的各个环节跳动。比如说事业心,它既因人而异,又在每个人各个时期表现得不完全一样。有事业心强的人,有事业心差的人;有把事当事干的人,有混日子、打发时间的人。事业心强的人总想把分配给自己的工作干到最好,而事业心差的人习惯于当一天和尚撞一天钟,厚颜无耻地宣称:只要把工资混到手。那有些事业心的人往往也随着环境、随着自己情绪的变化而变化。比如说家庭责任心,有些人急着成家,急着生儿育女,而一旦如愿,却常常视家庭如负担,在外吃喝玩乐,久而久之,家庭的观念荡然无存,到头来致使家庭支离破碎,儿女流落街头。这些人的家庭责任心就不知跑到哪儿去了!

……

人一般由两个部分组成,一个是肉体,另一个就是灵魂,亦谓之心。二者缺一不可。如果只在乎自己的肉体而不管心的存在,那跟行尸走肉就没有什么区别;如果只在乎自己的思想(也叫作心)而不在乎自己的肉体,往往会走火入魔,导致肉体和心全部崩溃。

我很在乎我的肉体,我更在乎我的心。我单怕自己一时疏忽心会飞得无影无踪,在哪儿也寻它不到。我很害怕死亡,我怕由于没有躯体的存在心再找不到回家的路。

肉体死亡了,心就变成了灵魂。飘浮不定的灵魂没有了着落,将要去向何处?

我会为自己的灵魂没有了归宿而伤感,为自己的灵魂没有了归宿而落泪……

(2007 年 10 月 23 日)

想一个人出走

想一个人出走。离开这喧嚣的城市,离开这熙熙攘攘的人群,在一个很远的地方,在一个没有人群、没有车流、没有呛人的气味的地方,一个人,静静地,自由自在地去徜徉。

想一个人出走。来到崇山峻岭之中,来到山涧小溪之旁,来到古朴大树之下,张开嘴巴,扯开嗓门,大声呐喊,倾听大山的回响,倾听森林的余音,倾听泉水的流淌。

想一个人出走。躲开这杂乱的世界,远离红尘中的恩怨,没有了工作中的压力,没有了生活中的重负,抛掉这心中的牵挂,一个人,轻轻地在古老的原野上奔跑、歌唱。

想一个人出走。去遥远的地方,寻找自己人生的幸福,一个人,放开思想的翅膀,想飞就飞,想停就停,在广阔无垠的大自然里,在鲜花绿草的陪伴之中,有鸟语花香做伴,一切都是那么得体、和谐。

想一个人出走。对着陌生而又亲切的大自然,我发自内心地呼喊:我爱你!

(2007年8月6日)

心的冬季,谁会为你保暖?

农历十月一,是我们这里为已故的人们烧纸祭奠的日子。这一天,活着的人在上坟祭奠的同时,更重要的一件事情就是在坟头焚烧用五颜六色的纸张糊制的被褥、棉衣。儿女们夹着纸制的被褥,来到已故老人的坟前,把那纸制的被褥一层一层地按顺序铺好,然后点燃。待纸被褥燃烧起来之后,便口中念叨:"爸呀,妈呀,天冷了,缝了几床被褥,给您送来,怕您受冻受冷了。"这样念叨着,泪水也就不由自主地顺脸颊流下,于是,撕心裂肺的痛哭声也就在坟地里响起。

立冬了,天冷了,大街上的人们开始穿上了保暖的毛衣、皮衣和各式各样的棉衣,人们再没有了春天的张扬,夏天的奔放,秋天的惬意。走在大街上,稍微细心些,就会看到不时有人搓手哈气,或者来回走动、原地跺脚,要不就是把那脖颈缩进高高立起的衣领里,怕那冷飕飕的寒风乘虚而入,驱散自己身上少有的热量。

冬季到来了,连那些叽叽喳喳欢跳的小鸟和乱窜乱跑的小动物都已垒好了自己的窝巢,做好了迎接冬天的准备。

天冷了,各种各样的取暖设备都成了紧俏商品。那些已经很少看到的运煤人力车又出现在大街小巷,"蜂窝煤!蜂窝煤!"那熟悉而久违的叫喊声又在耳边响起。

天冷了,大自然的四季轮换谁也阻挡不住,对年复一年到来的冬季,人们做好了准备,大地万物都做好了准备。坐在这些阴冷的宿办室里,望着窗外昏沉沉的天空,寒风吹动落叶翻转,我忽然联想万千,想到那些街头的流浪儿,想到那些缺衣少穿、孤苦无援贫困的人,还想到那些因种种原因而心灰意冷的人。

我知道,在寒冬到来的时候,我们的党和政府会千方百计解决贫困的人们过冬的问题,会把党和政府的温暖送给他们,可是,那些已经心冷的人们,面对这寒冷的冬天该怎么办呢。心的冬季,有谁会为你保暖?

(2007年11月11日)

我在哪里？

早上,被清脆响亮的闹铃惊醒,像木头一样滚下床,跌跌撞撞地来到卫生间,刷牙洗脸。水抹到脸上,感觉有些凉,用手去胡乱地揉搓,却感觉脸皮生硬、麻木,竟然不知道手放在谁的脸上搓洗。

下了楼,打开车门,驾着车出了小区的门,感觉路上来来往往的人脸色都有些奇怪,好像都是从另外一个世界来的新面孔。有些突然从我的车前跑过,差点撞上了我的车头,吓得我一身冷汗。等我停车发怒时,却冲着我诡秘地一笑,掉头跑开。那种笑脸我好像在哪儿见过,却一时记不起来了。又开着车继续往前走,眼看着前面的车顺着自己的线路跑得好好的,等我要加油门超过它时,却见它一个一百八十度大转弯,掉了头迎面朝我驶来。我连忙机械地踩了刹车,"吱——"的一声刺耳的响声马上在这大街上空回荡,惹得周围投来一束束的目光,都好像有些幸灾乐祸的那种样子。尤其那个掉转车头的司机,对着我龇牙咧嘴地一笑,车屁股冒出一股黑烟,闪动着车顶上的"绿帽子",一个急蹿,不见了影儿。

我定了定神,努力地、仔细地、认真地驾驶着自己的车子。我总感觉到今天的情况有些怪异,我真的不明白我还在不在这个我熟悉的城市,我生活的这个人世。看旁边的建筑,没有什么变化,车停在红绿灯的十字,看得清还是我往日走过的路。就顺着路走,却不知自己的脑子去了哪儿,车子都开过单位好几百米远,却没有停车。等猛然醒悟过来的时候,已经离单位好远了。赶紧掉头,慢慢地掉头。在掉头的时候,我又看到了那么多张龇牙咧嘴扭曲的脸。

好不容易来到单位,打开了我办公室的房门。我还没有进门,旁边一个穿黑色短袖的中年男子突然一低头,从我的身旁挤了进去,转过身,面对着我,还是那种龇牙咧嘴的不怀好意的笑,俨然他就是这个办公室的主人。我挣扎着对他发着脾气,数落他的不礼貌行为。他再没有笑,反而责怪起我来了,说我上班迟到了,问我晚上怎么不上班。最后,他好像很委屈地对我说:"太阳就要出来了,我们就不能在这停留了,我们的事情什么时候办呀?"我糊涂了,我究竟在哪儿做事?

打发掉这些早来的主儿,就开始接待正常的群众,等了有一两个小时,却没有一个人来。刚从办公室出去在外面热水壶里倒了杯开水,没有几秒的工夫,房门口就站着一个男青年,"咣咣咣"地在敲门,手里拿着需要签字的表格。我站在他的身后,对他说:"不要敲门了,人在这儿呢。"那青年转过头,看着我:"人家都在办公室上班,你怎么跟别人不一样?"

"什么事,快说。"我怕和他咬舌头,我怕他也是那些不管不顾业务办理时间,晚上也来办事的人。可是,看看屋外艳阳高照,我又想自己是不是冤枉了这个年轻男子。

原来是男青年的户籍档案丢了,需要补录。按照规定,我要签字同意,派出所盖章,然后去分局找主管户籍的部门审核,网上批示同意补录就行。看了正常记录手续,我立即签字同意,让去分局办理。

办公室只剩下我一个人,脑子里糊里糊涂的,真的弄不清自己身在何处。想着今天遇到的这些奇奇怪怪的事情,总有一种生活在另外一个世界的感觉。那些熟悉的面孔,熟悉的声音,那些常来常往的朋友,还有我的同事,我的领导,我的亲戚家人,怎么就不见了他们的身影?他们会去了什么地方呢?

头脑稍微清醒,就暗自安慰,想必各人都有各人的事情,总不能一天到晚都陪在自己身旁。这样想着,心情就好受了些,也就想着自己还生活在这个人世里。于是,打开电脑,准备把几天的感受记录下来。谁知刚打上题目,房门又被人敲响。打开房门,见是那个补录户籍的年轻男子。"怎么了?"我问他。他说:"去你们分局,找不到主管签字的领导,没有办法,我就回来找你问问,他去了哪里。"

"啊?!"我茫然了,这个青年没有找到分局主管的领导,也没有在分局询问领导去了什么地方,竟然又"打的"跑了十几里路返回来问我,问我这个离分局好远的派出所负责的人。

我真不明白了:我究竟人在哪里?

(2007年9月20日)

心痕 XIN HEN

想去望海

　　自小生活在大西北的黄土地上,体会过春季沙尘暴的侵袭,感受了夏季的干燥、酷热与难耐,也在落叶的秋天被秋风刮起的扬尘眯过眼睛,更领教过冬日刺骨的寒冷、凛冽的西北风。于是,常常想到人们提起的海边清爽的空气、和煦的阳光以及晴朗的天空,想去看看充满了无限神秘色彩的大海。

　　长这么大没有去过海边,没有机会站在海边去眺望大海,去发现大海的神奇与多彩。美丽的海市蜃楼是在小学语文课本里读过的,"大海啊母亲"是随着歌声传递给我的,渔家姑娘留了齐耳的短发,腰扎着武装带,身背明亮的钢枪在海边练兵、在海边织渔网的欢声笑语的热闹场景是在电影里看到的。美妙的大海给了我许许多多无穷无尽的诱惑。

想去望海,想去看看海天一色的美景;想去望海,想去看看蔚蓝的大海里跳跃的朵朵浪花。

想去望海,想去寻找海的女儿——美人鱼。多想把自己融入大海里呀!

想去望海,却时不时地想到海边的"望夫石"。传说那些可怜的望海女从早到晚站在海边,任凭海浪打湿了自己的衣裙,任凭海风吹刮着自己枯瘦的身躯,一动不动地眺望着远方的大海,盼望着为了生活出海的男人们早日归来。可是,她们望眼欲穿,直至变成了遥望大海的石头,也没能等回出海的男人们。"大雨落幽燕,白浪滔天,秦皇岛外打雨船。一片汪洋都不见,知向谁边?……"毛泽东主席也在自己的诗词里流露出对渔民生活的忧虑和担心。

想去望海,真想去体会体会海碰子们在海边多彩的生活。看了小说《天蓝蓝,海蓝蓝》里对"文化大革命"时期一群海碰子生活的描写使我突发了这个奇想。海碰子就是对那些冒险潜入深海捕获海参鱿鱼等贵重海产品的渔民的称呼。这些人做的是碰运气的买卖,于是,海边的人就称他们是海碰子。海碰子们常去那些人们极少去的海边滩石上,从那里下水,在那里收获希望,也在那里演绎着自己浪漫的故事和多彩的人生。我没有去过海边,我不知道经济飞速发展、社会文明进步的今天还有没有海碰子的影儿。

想去"望海",还因为文学网站"榕树下"里有个"望海文学社",那里有飞歌等一帮多情多义的兄弟姐妹。他们在一起激情澎湃、谈古论今。他们有着梁山好汉们的仗义与豪情,他们也有着杨家将忧国忧民的赤胆忠心。实在是一群责任感很强的中华儿女!一次和冷眼、信义等品茶谈天之时,冷眼提到了"望海",提到了在"望海"已一年的朋友们,问我:"去'望海'不?"我不假思索应允:"去呀。"冷眼说:"我马上替你注册。"我问:"什么时候走呀?"冷眼用鼠标点了"确定",回头说道:"你已经在'望海'里了。"我急忙去看,果然看见了飞歌等一帮"梁山的头儿"。

我们以茶代酒,举杯庆贺:"望海",我们来了!

(2007年5月6日)

一次有意义的慈善活动

偶然加入了咸阳义工QQ群,现在已经不记得是怎么加入的了,只知道只要打开网络,只要登录QQ,就发现这个群的图标在不停闪动,总有消息不断传来。本来厌烦网络聊天的我也不由得打开闪动的图标,查看一下这个异常活跃的聊天群的动态。

看了才知道,原来这是一个非常有意义的聊天群,没有那种矫情的做作,没有火辣辣的煽情,也没有你来我往的虚情假意。他们交流着慈善活动的心得,发布着慈善活动的信息。从他们的交流和信息发布中我看到了他们慈善活动的足迹——敬老院、聋哑康复学校,等等。

很想参加他们的活动,很想奉献一点自己的

爱心,或者,为这个社会的弱势群体做点什么,可是,职业的缘故让我和这个群体的多次活动擦肩而过,于是,总感觉自己无缘这个有爱心的群体。

上个星期,看到群里发布消息,说在一家茶社举办全省义工比赛咸阳义工取得优异成绩的茶话庆功会,通知大家都去参加——不论参加比赛与否。这个茶社离我家不远,正好我也没有值班备勤,就想过去看看。可是,我迟到了一个小时。等到了茶社,满屋已经欢声笑语,大家观看比赛录像,品茶庆贺。站在最后边的一桌人旁边,正要开口询问,一个戴着眼镜的女孩站起身来,问我:"是参加义工活动的吗?"我点了点头。她说:"先要去那儿签到!"顺着她手指的方向,我看到最前面座位上的一个女人的背影,她正在兴高采烈地观看、评说比赛的录像。看到要挤过好多人才能走到她的跟前,我还是有点儿羞涩,最终还是没有勇气去她那儿签到。迈第一步,往往很难。

这个周末,按照群里通知,要去建设路聋哑康复学校参加活动。早晨悄悄起床,驾车来到康复学校门外,从车窗里已经看到门口围了一大堆人,有男有女,有二十来岁的小年轻人,也有四五十岁的中年人。下车,我移步到人群旁,一个拿着签到本的男子看着我问:"是参加活动的吗?"我说:"是!"他把签到本给我,说写上网名就行。我写了网名,他们一看,哈哈笑了,网上见过啊。后来,一点名,个个网名都看过。原来,这个签到的男子就是咨询员更新,那个组织的女子却是咨询员蓝色月光。呵呵,都是"熟人"啊。

九点整,组织者把大家带进康复学校。学校的老师已经早早在教室门外迎接。大家分成四个小组和四个教室的聋哑儿童进行交流,陪他们说话,陪他们游戏,陪他们跳舞。

因为我是第一次参加这个活动,和孩子们有些生疏,没有人到我的跟前来,几乎只有看的份儿。那些已经参加过多次活动的义工个个人缘都好,孩子们围着拥着。他们抱抱这个、亲亲那个,逗得孩子们笑声不断,还有多才多艺的女义工拉着孩子们跳起了集体舞。

趁空,我和一个老师谈了一会儿,询问了康复学校的一点情况。原来,这个康复学校是一个聋哑孩子的母亲一手办起来的。她的孩子小时候失去听力,在她的努力下,孩子的听力逐渐恢复,并在社会学校正常学习,还考上了大学。这位母亲凭着她的爱心、凭着她积累起的一些经验,办起了这所康复学校。这个老师介绍说,这所学校没有政府的一分钱拨款,每个孩子家庭每月也仅仅交四百元费用,孩子吃饭睡觉生活学习全在学校里。我有点吃惊:"四百元怎么够啊?"老师说:"来这儿当老师首先要有爱心,其次还要有耐心,如果计较个人得失,在这里是不能带好孩子的。"这个老师还笑着告诉我说:"有些家在农村的,父母离异的,还有家里不管的,每月四百元还收不上来呢。有时,过春节了家里没有人来接孩子,院长就把孩子带回自己家中过年。天冷了,有的孩子没有穿的,我们老师就织好毛衣给孩子穿上。"我说:"也确实为难你们当老师的了。"老师说:"也得谢谢你们啊,周末不在家休息,来陪孩子聊天娱乐,让我们轻松了许多。"听了这话,我感觉有点不好意思:我第一次来,也没有做什么,也被人家一股脑儿地谢了,惭愧啊!

听说国外富人热衷做慈善的很多。现在,我们国家富人也很多了,只是做慈善的太少。我想,只要有善心,只要有爱心,不论有钱没钱,都可为这个社会做点慈善。就像我们咸阳义工,陪着孩子聊天游戏跳舞,让孩子那孤独苦闷的童心得到温暖,已经是平凡中的伟大了。但愿人人能有一点点慈善心,为这个社会的底层老百姓、弱势群体做一点好事,做一点善事!

(2010年11月14日)

心痕 XIN HEN

一只孤独山羊的述说

我是一只离开了兄弟姐妹,离开了亲朋好友的孤独的山羊,独自流浪在静静的湖边。走一步,回转头,想看看可有我熟悉的身影。这样流浪了好多日子,也担惊受怕地度过了白天黑夜。

我只知道我的家在山的那边,在太阳升起的地方。我记得那次和家人的分离:那是一个狂风怒吼的寒夜,断粮绝食的一只饿虎不知怎么撕开了我那用栅栏做成的家门,闯进了我的家里,张开了血盆大口,向我的兄弟姐妹扑来。可怜我那年迈的爹娘拼尽全力与它搏斗,虽然顶伤了饿虎的脸颊,挑烂了饿虎的脖颈,还是没能阻挡住饿虎凶猛的进攻。爹娘先后被那凶恶的饿虎咬得遍体鳞伤,奄奄一息。我们"咩咩"惊叫,四下逃命。天黑风大,我跌跌撞撞、漫无目的地跑啊跑啊,也不知跑了多久,跑了多远,最后实在跑不动了,昏倒在地。

等我再次醒来的时候,发现只剩下孤零零的我一个,兄弟姐妹都不知逃到哪里。我望着家乡的方向,泪如泉涌:亲人啊,你们在何处?

就这样,我开始了孤独的流浪生活。

我走过了崎岖坎坷的山坡,蹚过了泥泞险恶的沼泽。遇到天寒地冻、狂风怒号,我钻进杂草堆中躲藏;电闪雷鸣、大雨瓢泼,我便找巨石大树遮挡。腥风血雨,刀山火海,我算是都闯过来了。世事变迁,人间疾苦,我也是悉数品尝。

夜深人静之际,我回想往事,伤感顿生,鼻子发酸,泪水满面!

我后悔来到这个世间。我怎么也想不透,这世间的苦难怎么都让我碰到?

爹娘呀,你们在天可知晓孩儿的忧伤?!

风平浪静的早晨,看到一轮红日从东方徐徐升起,是我最宽慰最心悦的时候。只有那暖暖的阳光轻拂着我的身体,我才会忘记那些狂风暴雨,豺狼虎豹。也只有在这个时候,我也才会感觉到大自然对我的一点点的赐福。

流浪的日子磨炼了我的意志,锻造了我的坚强。我知道了怎么和那些豺狼虎豹周旋,我也明白了怎么和那些狡猾的猎人斗智。豺狼虎豹的凶残我是亲眼目睹,善变狡猾的猎人我也早有耳闻。让他们抓住就会碎尸万段,油煎水煮!

不知不觉,我流浪了许许多多个日出日落、黑夜白昼。突然有一天,我睁开眼睛,发现我流浪到了一个从未听说过的"世外桃源"。这是一个一望无垠的草原,碧绿的草原之中有一个很大很大的湖泊。风儿吹来,湖水波动,草儿摆手;暖阳照耀,鸟儿歌唱,花儿放香。小草张开了她那鲜嫩好看的胳膊欢迎着我这个孤独可怜的流浪儿!

  我笑了。我好久都没有这么笑了。难道这就是我终生栖身的天堂?

  我躺在湖边的草地上,小草儿弯曲着身子向我歌唱。风儿在伴舞,小雨在伴奏。天际美丽的彩虹是这个宏大舞台的一道布景。我拥抱着倾情歌唱的小草,我相依相伴的亲人啊!

(2007年1月5日)

有毒的花儿

春天来了,百花盛开。咏花、颂花、赞花、闻花、爱花的人,无不喜笑颜开,踏青赏花,一路走来。穿着鲜艳、华丽的俊男靓女,总掩饰不住内心的亢奋和激动,在这春的季节里徘徊,在这花的海洋里荡漾。

春天属于女人,属于爱美的女人,属于那些花枝招展的女孩。在春天里,爱美的女人总喜欢做梦,做那些美妙奇幻的梦。

爱美的女人也喜欢花,喜欢那些争奇斗艳的花,喜欢那些娇艳欲滴的花。

可是,有些花有毒。据说,上百种花都有毒,有的可以致人头昏脑涨,有的会让人呕吐腹泻,有的能使人四肢麻木，有的甚至可以导致生命危险。就连经常被人们歌颂的郁金香、水仙花、杜鹃花等都含有一定的有毒成分。让人嗅之成瘾、夺人性命的罂粟花就更不用说了。

曾听说过有毒的花儿使人患病的事儿，也见过有毒的花儿让人痛不欲生的场面。广为流传的"花粉过敏"其实就是有毒的花儿危害人们的具体例证。原来看过多部武侠小说，里面大多有用花粉下毒的情节，当时觉得不可思议，现在终于想明白了：有毒的花儿到处都是，来得容易啊。那些用桃花、梨花布置的"迷魂阵"，可能就是有毒花儿的极限运用。

花儿美，花儿香，春天的花儿让人迷，让人爱，就像春天的女人一样，那样光彩照人。女人就是春天的花。

观赏的是花的鲜艳，痴迷的是女人的漂亮。不过，在被妩媚的花儿和靓丽的女人陶醉的时候千万别忘了那些有毒的花儿和阴险的女人。

花儿越鲜、越艳，越让人留恋，越让人不舍；女人越漂亮，越年轻，越让人丧失理智，欲罢不能。可谁知，鲜艳的花儿会使人中毒更深，漂亮的女人会让人招致杀身之祸。当然，这并不包括那些无毒的花儿和纯情的女人。

喜欢春天的大自然，喜欢春天里鲜艳夺目的花草，喜欢春天里像花一样的靓丽女孩。在这个春光明媚的时候，在这个让人陶醉的季节里，让我们远离那些有毒的花草和那些毒花一样的女人，精神饱满地去拥抱这个美好的春天！

（2008年3月23日）

故乡的路

老家在礼泉县药王洞乡仪门寺袁家村。仪门寺在当时是一个大村,包括方家、袁家、苟家、门家、南堡子五个自然村。外面人说起仪门寺,总说村子大,自然村多,村名难记,为了好记,简称我们五个自然村为"方(方家)圆(袁家)沟(苟家)门(门家)子(南堡子)。"沟门子,在我们那儿就是屁股蛋儿的俗语。这样连起来称呼,虽然不雅,却也好记。

药王洞乡是撤社改乡改过来的名字,听说新中国成立前就叫这个名字。我生在人民公社时代,自记事起,只知道我们那个地方叫红卫公社。我们袁家村属于三联大队第二生产小队。仪门寺分为两个大队,苟家和南堡子属于一个大队,叫仪门大队。方家、袁家和门家属于一个大队,叫三联大队。我想,这样划分可能利于当时的集体劳动。由于我们三个自然村地理位置相邻靠近,所以就叫三联大队。

仪门大队紧邻西兰公路,在路北。路过仪门大队苟家也就一里来地,便是我们村子。从苟家村东有一条向北的大路横穿我们袁家、方家,向北延伸,通过阡(礼泉阡东乡)礼(礼泉县城)路,一直连接到赵镇。那会儿,我们小,从没去过那么远,不知道这条路向北到底通向哪儿,只知道从这儿常常要驶过汽车和拖拉机。当时,汽车很少,一听到喇叭声响,我们一大群小孩就急急忙忙跑去看稀奇。那会儿的路虽然宽阔,却是土路,汽车通过村口,都开得非常慢,胆大点孩子就追着汽车跑,也不管车后的扬尘飞得有多高,有多浓,抓住卡车车厢后门的"门钩子"悬吊在空中,过上一回坐车瘾。

这条路把我们袁家和方家隔成两个自然村。方家在东,我们袁家在西。其实,也就一条土街,从袁家村西头一眼能看到方家村东头。两个村去田地里耕作也都走村子中间这条南北大路。我们当时也称这条路是"生产路"。顾名思义,也就是去田地里劳动时牲口、车辆和劳动的人们主要走的路。

现在细想,当时机动车辆比较少,而这条路上时常看到过往车辆,可见我们村口这条南北大路在当时礼泉县的南北交通中起到多么重要的作用。

因为是土路,一到下雨天,这条路通过村口的那一段就被人们踩得泥泞不堪,过往车辆常常会陷到泥坑里。不过,那会儿人们常常把助人为乐作为做人的根本,只要有车辆陷入泥坑,村里的小伙子们便放下手里的饭碗,一呼而上,叫上号子,把陷入泥坑的车辆推上来。汽车后轮甩起的泥巴沾满了推车人的衣服和脸,大家相互看看,哈哈一笑了事。司机过意不去,从口袋里掏出"羊群"或者"宝成"香烟,挨个递给推车的人,连声说:"同志,谢谢了。"推车的人都笑着摆手:"没啥,没啥。"

话不多,真情在。印象中,那会儿的"同志"两字很真切,很实在,没有丝毫的做作,更没有现在赋予"同志"另外的含义。我不明白,这美好的东西怎么就在不知不觉中消失了呢?是因为时代的变迁还是体制的更换?或是在这变迁中人的天性的改变?只有天知,地知。

虽然这条南北大路是土路,却很宽阔平坦,两辆车相向而行,绰绰有余,还不影响走在路边的马车。路两旁长着两排高高的白杨树,挺拔整齐,像天安门前的仪仗兵,向着过往的车辆和人们行着注目礼。一阵风儿吹来,树叶"哗哗"作响,又像是鼓掌欢迎劳动的人们。劳动,在那个年代也是非常荣耀的词语。

后来,那条路过往的车辆慢慢地少了,也没有了以往的热闹气氛。我不是搭桥修路的,也不搞社会学研究,这其中的缘故我愣是没弄明白。只是,后来我开车回到老家,还是走那条路,虽然路面铺了些碎石,不再那么泥泞,路面却坑坑洼洼,路也变得越来越窄。外地拉果子的汽车也怕开进这条路上了。

二十世纪八十年代初期,我们老家那儿遭遇天灾,地下水呼呼往上涨,土壕树坑里都积满了地下水。村口那条南北路上,也浸泡在涨上来的地下水里。从那条路上通过,也只能从路边高塄上绕着走。老村也房倒屋塌,开始搬迁了。耕地里稍高的地方,都成了人们垒墙盖房的新址。原来仪门寺的五个自然村,一下子变成了二十多个村落,单我们小小的袁家村,也成了北、中、南三个村子。我家后来搬迁到袁家中村。从那条南北大路向北就直直走到我们中村。

宝鸡峡东干五支渠从西向东把这条南北大路拦腰截断,在这条路上就修建了一个水泥桥。这座桥,是回到我们村子的主要通道。记得小时候,我们去地里拔猪草,或者为生产队拾麦穗,路过这座桥,都要把篮子放在桥的栏杆上换换手,喘口气。劳动归来的大人路过这座桥时也会坐在栏杆上,大腿压着小腿,拿出旱烟锅子,美美地抽上一锅子烟,顺便歇歇脚。那会儿,人们的道德确实高尚,公私财物保护得都非常好。这座桥的栏杆被坐得溜光圆滑,却没有一点损毁。包产到户以后,人们的私心也愈来愈重了,人们的公德也似乎瞬间丧失,这座水泥桥也难幸免,没过几年,栏杆断了,桥面也变得凸凹不平。

十多年前,父亲还健在,我每到星期天都会挤出时间回家看看老父亲,开车拉上他去县城理理发,吃碗羊肉泡馍。这座桥,就成了我回家的必经之路。记得有年夏天,我开车回家,只有七八岁的儿子坐在副驾驶位置上。车子刚上吴家堡半坡,下起雨来。刚开始雨不大,我想,回家路上也就半个多小时,应该没有问题。谁知雨越下越大,村子南北大路上坑坑洼洼处已经有很多积水,好在是碎石路面,车子还能开动。可是,经过那座桥时,由于桥面上的黄土太多,雨水一泡,非常泥泞,车子后轮一滑,差点掉进旁边的水渠中。好在我猛打一把方向,驶过了桥面。停下车,往水渠一看,浑浊的渠水几乎漫上渠岸,慢慢腾腾地向东流去。我看了看旁边的儿子,按住急速跳动的胸口,半天没有缓过神来。从此以后,每到雨天,说什么我也不开车回家了,不管走路有多累,有多苦。

这些年,国家实行"村村通"工程,好多村子都修起了水泥路、沥青路,村民下雨出门再不用穿雨鞋,脚也不沾泥了。回礼泉,去好多村子,车子一下就开到了门口。下车就能看到亲人的笑脸,感觉心里美滋滋的。只是,通往我们村子的那条南北大路依然如故。前两年,我斗胆向市长信箱反映过此事,答复却是我们这个村和门家自然村属于一个行政村,去门家村已经有了沥青路,也等于我们村已经实行了"村村通"工程。我对这个答复很难理解。由于当年地下涨水,村子都搬迁得七零八落的,门家村离我们袁家中村少说也有三里地，离北村南村更远。而从门家村到我们村要经过东干渠的一个桥，这座桥已经坍塌多年，行人都很难过，何况车辆！看来，我们这个村子是被时代遗忘的角落。

现在很少回老家了，村里好多有能力的人家都搬到县城去住。反过来想，这条南北大路不修也罢，走在这条路上，还能唤起我那童年时的美好回忆。

故乡的路，我魂牵梦绕的路。

（2013年9月7日）

沐浴春雨

　　和同事在郊外执完勤后,天上淅淅沥沥地飞起了雨丝,落在车前的挡风玻璃上,模糊了我们的视线。路上的尘土也没过多久就不见了踪影。摇下车窗玻璃,一股清新的浓浓的泥土的芳香扑鼻而来。

　　让同事停下汽车,叮嘱他们先开车回城。离市区只有几里的路程了,我想一个人在春雨中的田野里走走。同事斜着眼睛看了我一会儿,他们流露出茫然的神情。我挥了挥手,让他们走了。此刻,我的心情,我要做的事情他们也许无法理解。

　　走进公路边的一条田间小道,慢慢地,过往汽车溅起的雨水声变得越来越弱,直至消失。空旷的田野里已没了种田人。我抬头望天,雨滴儿随着春风舞动直向我飘来,落在我的头上、脸上,钻进我的脖颈,窜进我的喉咙,凉凉的,甜甜的,沁人心脾,润人心田。顷刻,我多日的烦躁荡然无存,往日工作的压力和生活的重负也烟消云散。忽然,我感到自己似乎已不再是自己,已经完完全全脱胎换骨,换成了全新的一个人,顿生一种轻松自如、飘忽起来的感觉。

我深深地一口一口地呼吸着这清新的空气。沐浴着春雨,我张开嘴巴,放开嗓子,唱起了那首久违的《风中有朵雨做的云》。虽然我的嗓音远远不如孟庭苇,可是,我那破锣似的声音在春雨的沐浴中也格外好听起来。我简直不敢相信,这竟是我自己的声音!

田野里已是一片绿色。麦苗儿挂着雨珠在春风中摆动,小草儿你争我抢地去淋湿自己的身体,树叶儿也贪婪地吮吸着这春天的甘露,还有那正在破土的嫩芽儿,急急忙忙地顶开头上的盖布,想要分享一点流淌在脚下的雨水……

看到大地万物争相沐浴春雨的景象,我想到了生命的旺盛。春雨之中,万物都保持着极强的旺盛生命力;春雨之中,大地万物都显现着积极向上的顽强精神。沐浴春雨,会给人一种鼓舞,一种鞭策,一种振奋,一种"敢上九天揽月,敢下五洋捉鳖"的凌云壮志。可惜,有很多凡夫俗子却不能在春雨中寻找这种感觉,也不去沐浴这普救众生灵魂的春雨。他们躲着春雨,藏在春雨淋不到的舒适屋子或是阴暗的角落,作茧自缚,消耗着自己的生命。那些因一念之差做出伤天害理的事情被囚禁牢笼的社会罪人何尝不是这样的呢?那些为情而自尽的多情女子又何尝不是这样的呢?

在春雨中,你会深深地体会到生命的价值;在春雨中,你也会倍加珍惜自己生命的存在,也能唤发起你对社会、对人类尽职尽责做出有意义事情的勇气和信心。

去沐浴春雨吧!

(2007 年 4 月 14 日)

朋　友

　　昨天晚上,和几个朋友去看了一场文艺演出。好久没有现场观看歌舞表演了,本来不想去,朋友一再邀请,盛情难却,只好随朋友去了。

　　这是一家集洗浴、休闲、餐饮于一体的综合型服务场所,在市区东郊。昨天是星期一,客人不是很多。我们去得有些晚,匆匆忙忙洗完澡后,将近晚上九点钟。我们几个在服务员的带领下,来到餐饮大厅。大厅里面摆放了几十张圆桌,北头有一个小型舞台,歌舞表演就在这个舞台上举行。

　　我们几个先喝了会儿茶水,将近十点,歌舞正式开始。虽然观众不是很多,但是演员们的表演却是极其卖力。不论是唱歌的、跳舞的、耍杂技的还是演小品的,演员们都是一丝不苟地认真表演,时时引起观众们热烈的掌声。

所有的节目都不错,但是,我印象较深的还是那个模仿歌星周华健的男演员。他留了周华健那样长长的头发,唱着周华健演唱过的歌曲。其实,他的面貌仔细看起来和周华健相差得很远。我对他印象较深的原因,在于他演唱了周华健的那首《朋友》。

喜欢听《朋友》这首歌,偶尔也喜欢一个人哼哼。从《朋友》这首歌里,我又产生了很多的联想。

朋友,看似一个简单的话题,其实却让人颇费思量。表面看,朋友有男有女,有老有少,有普通朋友,有知心朋友,其实,真真正正能够作为终生朋友的能有几人?

自从走进这个社会,就和各种各样的人打交道,也结交各种各样的朋友,但到头来,真心相待的朋友没有几个。有些在利益的驱动下暂时成为你的朋友,没有了利用价值就变成了陌生人;有些虽没有交往的目的,但随着时过境迁往往又变成路人。只要不反目为仇,还算这个朋友交得不错。

我从不奢望从朋友处得到什么好处,但我最怕的就是被朋友欺骗,被朋友遗弃。我这里所说的不是普通的朋友,而是曾经志同道合、山盟海誓的朋友。我的感情并不脆弱,而被"知心"的朋友欺骗或者遗弃之后我的情感往往弱不禁风。

有首歌里唱道"结识新朋友,不忘老朋友",而这大千世界,究竟能有几人做到?

对于那些普通的朋友,一般人都会把他当作"过眼云烟"。

"真正的朋友不一定是每时每刻在你身边,而是当你需要他时就会出现,和你一起分享快乐、痛苦,为你排忧解难。真正的朋友也可能会因为一点小事跟你计较,那是因为他真的很在乎你,怕失去你"。"一个普通的朋友从未看过你哭泣。一个真正的朋友有双肩让你的泪水湿尽。"这都是对朋友的解释。

而和我互相信赖、共度终生的知心朋友会在哪里?

(2007年11月28日)

清明节杂说

我国传统的清明节大约起始于周代,至今已有两千五百多年的历史。清明是一个很重要的节气,是我国二十四节气之一。清明一到,气温升高,正是春耕播种的大好时节。故有"清明前后,点瓜种豆""植树造林,莫过清明"的农谚。后来,由于清明与寒食的日子接近,而寒食是民间不生火吃冷食的日子,渐渐地寒食与清明就合二为一了。寒食既成为清明的别称,也变成清明时节的一个习俗。

对于清明节这个习俗,已早早地存在于我的记忆之中。年年一清明。现在,清明节来临之际,扫墓、祭拜的规模也越来越大,规格也越来越高,形式也越来越多样。有政府组织的对华夏儿女共同祖先黄帝的大规模祭拜,对革命先烈的祭拜,更有广泛的民间祭祖。人们对祖先的祭拜往往祈求保佑的意味甚浓:当官的祈求祖先保佑自己官运亨通;经商的祈求祖先保佑自己生意兴隆。而对革命先烈的祭拜,是缅怀他们英勇的事迹,珍惜今天的幸福生活,开创未来。

不过,大多数百姓祭拜的还是自己逝去的亲人。祈求已故亲人保佑自己平安幸福,也祈盼已故亲人在"天堂"生活得更好。据说,在人间作恶多端、干尽坏事的人死后要下地狱,而与人为善、待人和气、助人为乐,一生清清正正、明明白白的好人才会进入天堂。

清明节前几天,人们不但在亲人坟前焚烧印有玉皇大帝和阎王头像的冥币,还焚烧纸制的手机、电视机、汽车和别墅,更甚者还有今天通行的人民币,以祈两界人的幸福、和顺。

清明时节雨纷纷。但愿这清凉透彻的春雨能够清醒清醒人们混沌的头脑,清清楚楚做人,明明白白干事,为自己修筑一条步入"天堂"之路!

(2007年4月6日)

花的断想

　　晚饭后,屋里闷,遂下楼去湖边散步。难得的一次散步!当然,妻是轻易不会放弃和我一起散步的机会的。
　　未到湖边,已经隐约听到人们欢快嬉闹的笑声。天空布满了一层薄薄的云,湖边吹拂着凉凉的风。站在堤坝之上,那一片片造型各异的草地、花坛、小树林,尽收眼底。三三两两的游人悠闲自在地从湖边弯弯曲曲的小路上走过,有说有笑,喜形于色。一对一对的年轻男女依偎在草地边的石椅之上,温柔缠绵,好像这宽阔的湖边只是他们的二人世界。花草之中的运动场地,看到的是一派朝气蓬勃的景象,篮球、排球、羽毛球,不管哪个场上,都有不断的叫好声和鼓掌声,还有急促地跑动的声响。平时忙忙碌碌,偶然来到这清爽宽阔的湖边,竟然如此让人心旷神怡!

从绿草地边走过,从小树林旁走过,猛然,我想起春天这里曾经盛开着的各色各样的鲜花,现在竟没有了一朵,哪怕是那星星点点的野花,也已寻不到踪迹。

我的心情忽然沉重起来,我为这许许多多的花而伤感。我竟埋怨起自己来,我确实不该在鲜花盛开的时候去计较那些"有毒的花儿"。

这湖边的花儿是随着四季的变换而开放,也随着四季的变换而干枯。春去秋来,朝花夕拾。她虽然干枯了,消失了,却留下了自己的后代,来年的春天还会照样盛开,也许开得更加灿烂,更加美丽。想到这些,心里倒坦然起来,这花儿也许会为自己盛开的日子而骄傲和自豪,因为,在她盛开的日子里,有许许多多的人去欣赏过她的妩媚,有许许多多的人们去吮吸过她的芳香,也有许许多多的人们为她而歌唱……

也想到花季的少女,像花一样灿烂开放,像花一样妩媚动人,也像花一样被人们欣赏。可是,却有阴险的恶人,竟将花儿拦腰折断。花儿倒下了,躺在路边的黄土坎儿上;花儿闭目了,眼角还挂着含冤的泪水。

我也想,这人怎么会如此的可恶,既然将花儿赏了,将花儿亲了,将花儿揽在了自己的怀中,为什么还要将花儿活生生地掐断呢?!

不记得是谁写过这样的诗句:"有花堪折直须折,莫待无花空折枝。"这摧残了花季少女的恶男,可是误解了这诗的含义?这两句诗的作者要是知道了如此恶行,在九泉之下也定不饶他!

花儿不在了,再也看不到她的妩媚,她的鲜艳,再也闻不到她的芳香了。而摧残了花儿的恶男呢?他会不会在世人的唾弃中下地狱呢?

有花要赏只管赏,莫到无花痛肝肠!

(2008年6月19日)

见 狼

　　长这么大,我只见过一次狼。也就是三十多年前见到的那一次。

　　前几天休假,驾车回了趟老家。车子路过见到狼的那个路段时,我又一次想到了见到狼的那一刻的情景,又想到了半蹲在田野土路中间的那只"孤苦伶仃"的狼。

　　那年,我七八岁。阵雨过后,跟在几个大孩子的身后,提着担笼去田野里拔猪草。雨后的乡村,空气中充满了清新醇香的泥土花草气息。树干湿漉漉的。春风吹过,树叶便会掉下点点雨滴。路面还没有晾干,不时会粘脱脚上的布鞋。麦子即将抽穗,到处都是绿油油的一片。

我们六七个伙伴相约在一起,出了村口,走在通向村北田野里的生产大路上,挎着笼子,嬉笑打闹。刚过村北两里多地的一座水泥桥,就发现了前面十来米处的土路中间半蹲着一只狼。也不知谁说了一声"好像是狼!"大伙惊了,细看,见那狼一身土灰色,尾巴拖在泥地上,长长的,像扫帚一样。的确是狼。我们吓得转身就跑,边跑边喊。等跑到水泥桥上,停了下来,再去看狼,它依然半蹲在土路中间,依然保持着那个姿势,一动不动。

其实,水泥桥距离狼蹲着的那个地方也不过三十来米远。狼却没有朝我们追来。我们在大声叫喊"狼来了"的同时,纷纷捡起路边的土块,向狼扔去。

狼还是没有动,睁着眼睛看着我们。

很快,一个堂哥领着他的爱犬"赛虎"闻讯赶来。"赛虎"看见蹲在路上的狼,"嗖"的一下追了过去。那只狼也似如梦初醒,跃身而起,跑进路边的麦田里。

"赛虎"是一只黑色的狗,体大背宽,毛色乌黑发亮。在堂哥的训练下,"赛虎"能够腾空吞食,纵身一跃三四米开外,凶猛无比。有一次,"赛虎"把一只獾撵进了一个墓坑里,硬是活活咬死了它。

"赛虎"却没有撵上那只狼,更没有可能将那只狼活活咬死。

等"赛虎"喘着粗气回到堂哥身边时,我们几个从刚才的惊吓中还没有缓过神来。

"都回去吧。"堂哥说,"狼在春天没有了吃的,可能是从北山上下来寻找吃的呢。"

我们听了堂哥的话,再也不敢想着去拔猪草。总不能为了让猪吃饱而把自己填进狼的肚子里吧!

不知怎的,我想起了"春荒"。"春荒",我经历过。我清楚地记得父亲跑了整整一天,晚上回家还没有借到粮食,把那空着的布袋扔在屋子地面上唉声叹气的样子。我也在课本中知道"抢米风潮"的时代背景。我不知道,我见到的那只闯入人口稠密的关中平原的狼是不是也因为闹起了"春荒",以至于它连自己的性命也全然不顾?!

道德领域闹起了"春荒"非常可怕!

当今富裕的小康社会很难再看到"春荒"的影子,可是,人们的道德防线屡屡被超越、冲击。奸诈、狡猾、凶恶、残暴的人和事不时见诸报端,现于影视,传于街头流于巷尾。

我又想到了那只狼。

我又一次仔细地回忆着它那双眼睛,却怎么也不能和贪婪、狡诈的目光联系在一起。它看到我们时一动不动,就算我们几个小孩子扔土块打它,它也一动不动。难道,它早已没有了凶残、险恶的本性?

我见到狼的那片田野周围后来添了几个新村庄,那只狼蹲过的那条土路后来也铺上了碎石子。虽然原来的麦田早已被栽种了成片的果树,虽然那条路面也被两边的村民为了多栽果树而挤占得更加狭窄,但是,后来再没有人发现过狼的踪迹。

我不知道,我见到的那只狼是否还活着。很多年过去了,忘记了很多的事,只有那只孤独的狼时常还出现在我的记忆里。

(2008年10月13日)

冷冻感情

曾看到这样的报道,说如果把人冷冻起来,让思维丧失,让血液不流,让四肢不动,让细胞不再新生和死亡,到了一定的时候,不管过去多久,哪怕几年、几十年、上百年,只要解除冷冻,人恢复到以前的模样,思想还停留在那个时期,身体亦保留饱满的状态。科研人员在做着这方面的研究,他们最有力的科学根据是冬眠的蛇。

但愿科学家们的研究能够成功,好让我们享受享受这方面的研究成果。

细胞可以冷冻再生,感情也可冷冻再续吗?我希望也是这样。

人一生要经历许多的坎坎坷坷,不管是男人

还是女人,也不管是富人还是穷人,谁也躲不过。只是,坎坷的大小不一样、起伏不一般罢了。为了能够消除人类的坎坷,或者适当地减少人生的多难,也许最好的办法就是冷冻。

爱情,这个最美好的话题,这个情感中迷人的一员,给了人们甜美的享受。处在热恋中的男女,总想抓住时间的尾巴,把这美好的时刻定格起来,让它永远不能离去,也不愿这火热的爱情由于时光的流逝而变得乏味,变得淡漠。可是,这惬意美好的想法会因为时光的飞逝而变淡,也会因为距离的加大而变冷,或者因为生活的琐碎而变得寡然无味。于是,爱情便出现了一道道裂痕。

我在想,这真挚的情感出现一道道裂痕的时候,受到伤害的会是谁。是那些全身心投入情感的人,那些痴情的真情的纯情的人。"爱太深容易看见伤痕,情太真所以难舍难分"就是最好的写照。然而,可怜的痴情人已经感觉到了爱所留下的伤痕,却依然如故,深情地想念着心中的情人,难舍难分啊。

只是,这情感一旦出现了裂痕,就特别的难以愈合啊。那热恋中的情人,也就会各奔东西,分道扬镳。

这深情的人却总想留住那美好的时刻,那让人醉生梦死的时刻!

假如感情可以冷冻,人生只若初见,那世上痴情的人就会少一些痛苦;假如感情可以冷冻,这美好的时光就会可以延续;假如感情可以冷冻,这世界将永远春光明媚,鲜花盛开!

感情,也许可以冷冻……

(2008年4月14日)

命　脉

命脉，就是让生命得以延续或者使生命保持旺盛的关键通道。人的命脉也就是那根为生命源源不断输送新鲜血液的动脉血管。动脉血管破裂或者堵塞，生命就会发生危险，心脏就会停止跳动，阳光就会从眼前消失，美好的生活将不复存在，人也就会去另外一个世界。

可见，命脉对人的生命是多么的重要！

——水利是农业的命脉。

这个命脉原先也有生机勃勃的活力，可是后来，在农业体制的改革中，在土地的承包耕种过程中，在农民的利己主义的思维中，水利，这个农业的命脉被部分的挖断堵塞了，造成了大动脉的梗阻,造成了遇到大旱就要受到老天严厉惩罚的后果。

这在去年冬季的大旱中已经得到了验证。

眼巴巴看着连续几个月的干旱,眼巴巴看着日益枯萎的禾苗,眼巴巴看着已经没有了小渠痕迹的田野,靠天吃饭的庄稼人终于明白了命脉的重要性。

——他们早该明白这点。因为,他们是土地的主人。

小时候,"哗哗"的流水从田间淌过,从村头流过,就像甘霖一样滋润着农家人的心田。听得见欢快的笑声,随处可以看到那种生气勃勃的热闹场景。风儿吹过,庄稼点头微笑,又是一个丰收的年景。

这样的年景让人安心,让人坦然。

那时候,有多少的旱地变成了水田,又有多少的荒地变成了粮仓!生活在这片土地上的人们就好像伺候父母一样的伺候着养育自己的土地。人们扛着最原始的劳动工具——镢头和铁锨,一镢头一铁锨地修成了一条条的灌溉水渠;人们用那最原始的运输工具——平板车和架子车,硬是把一大堆一大堆挖出的黄土运走,又把那一块块的石头、一车车的沙子从几十里以外的河边运来。

靠着一种精神,一股干劲,把那千万条命脉组成了一张张网络,罩在祖国的大地之上。

那时,我们经常听到那个放之四海而皆准的真理:"水利是农业的命脉!"

有了千万条命脉,有了丰收的果实,我们不惊慌了,哪怕再次遇到天大的灾荒!

可是,多年以后,农业的命脉受到了摧残,受到了伤害,又使人们不得不再次审视"命脉"的重要。

我在想着命脉的含义,我还想到了精神。不管是哪种社会形态,人活着,都要高高兴兴、快快活活的。活就活它个激情,活就活它一个精神。但愿一切一切的困惑,一切一切的压力和那冬天里的干旱,在春雨之中消失。

我企盼着。

(2009 年 9 月 24 日)

门 面

　　门面是什么？其实就是我们经常说到的面子、形象、长相,等等。万事万物都有自己的门面,都有自己让人看、让人评价的表象。

　　人的最直接的门面就是外表和形象。当然,内在的素质也是门面的一种,不过,那是二道门或者三道门,那要通过一道这个门面后才会显现的。

　　最近很少露面,关键门面遇到了一点麻烦,有一个小小的部位锈了,坏了,需要修理,暂时留下了一个漏洞。这个门面对人来说,很关键的,就是直接展现在人面前的门牙。不知怎么的,前两年,一颗关键的门牙没有了新鲜养分的供给,牙齿根部的神经慢慢地坏掉,牙齿竟然慢慢失去知觉,并渐渐地变黄。为了自己的门面,没有将这坏了的门牙及时处理,让它坚守着自己的岗位,支撑着自己虚荣的门面。久而久之,这个坏掉的门牙竟然像那彻底腐朽的门窗,经不起风雨的丝毫折腾,刚过完年,就罢工了,瘫倒了。先是轻微的摇晃,没过几天,摇晃得更厉害了,没有任何外力的碰撞,就自顾自地摇晃起来,好像实在是困乏到了极点,没有了一点力气。

我也感觉不太舒服,虽然这颗门牙替我支撑了几年的门面,却是在我健康的口腔里慢慢地腐朽,有可能影响了我健康的肌体。于是,赶紧去医院看大夫。细心的大夫在灯光下稍微一看,就说:"早就该拔掉了。"说着,给我牙龈处打了一针麻药,然后拿了一个钳子(我没有看见,估计是吧),伸进我的嘴里。我还没有一点反应,大夫说:"掉了。""掉了?"我问。大夫说:"不是拔掉的,一碰就掉了。"我睁大了眼睛,这个门面啊,咋就腐朽成这个样子?大夫不好意思地说:"早知这样,就不用打麻药了,还把你疼得够呛。"

大夫把掉下来的那颗发黄的门牙拿给我看,问我要不。我摇了摇头。这颗早就该拔掉的牙齿,我还要它干什么呢?

大夫说,再要镶牙,至少要到一个月以后。我瞪大了眼睛,感觉很惊讶。不能早点镶吗?我有点焦急。大夫笑着摇头。我有点绝望了。这替我支撑门面的门牙一个多月不在,我该怎么去面对社会?我又该怎么去经受风雨?

大夫给那掉了门牙的位置塞了药棉,并告诉我两个小时不能吃饭、当天不能吐唾沫等注意事项。从医院出来,没敢左顾右盼,径直走到车前,开了车就走,单怕让熟人看见。回到家里,径直躺倒在了沙发上。

两个小时过去,试着吃饭,就遇到问题,几乎是囫囵着吃完半碗面条。尤其到了下午,有人打电话,问题更大了,由于缺少关键的这颗门牙,发音受到了很大影响,声母是"f"的,几乎不能完全吐出准确的音来。尽量减少和别人说话,只怕在和别人说话时让人看见那个大大的漏洞,也怕一说话就会从空了的牙齿位置跑了气儿。

　　人的一生都为面子活着,我也毫不例外。细细想着,为了面子,人们要忍耐多少的痛苦和压力啊!但是,为了在这个虚伪的世界上活着,还是要保持自己的一点面子的。有了面子,才会有和人接触的基础。我还是急切地盼望着早点镶补好影响"f"发音的这颗门牙,去融入这虚伪的人流之中!

(2013 年 3 月 26 日)

怀念礼拜三

记得我们上小学的时候,每到了礼拜三下午,我们不是休息半天,就是参加力所能及的生产劳动,或者参加一些其他的社会实践活动。

那个时候的我们整天都有一个高兴的心情,一份天真的童心,一种神奇的向往。我们没有现在孩子们一天到晚压抑的情绪,我们没有现在的孩子们很小就显得成熟的样子,我们也没有现在的孩子们一天到晚耳边老是听到的"考上大学""读研究生""读博士"这样的话语。我们有的只是尽量地释放自己的想象,尽量地在大风大浪中去锤炼自己,去坚硬自己搏击长空的翅膀。

礼拜三,一周中间缓冲的日子。下午休息时,我们就相约几个小伙伴,拿上自制的弹弓、木头手枪等"武器",来到村外的麦场空地里,摆开架势,模仿解放军训练正步、射击。当然,我们没有奢望去使用真枪实弹射击(那会儿,我们也见过真枪真弹,村里的民兵就有),但是,我们用自制的弹弓瞄准墙上、树上画定的靶心,轮番发"射击"。射中率高的伙伴大家都很羡慕,有了集体玩耍的游戏我们就推选他当"头儿",当然,我也当过几次这样的头儿。

有时,礼拜三下午,学校组织我们参加一些轻体力的生产劳动,让我们早早就接受"阳光的哺育"。那会儿,都是老师事先和哪个生产队联系好,我们排着队,带着劳动工具,唱着嘹亮的"革命歌曲",雄赳赳气昂昂地向目的地进发。那会儿,我们非常自豪,非常骄傲,为"做共产主义事业接班人而准备"!

我们能干的事情就是割完麦子后捡麦穗,或者提着篮子、拿着布包去拾棉花。我们排成长长的一溜,听到老师号令就开始,大家你争我抢地干,最后,按照重量排出干活好的同学。他们都会得到一只铅笔或者作业本之类的作为奖励。在我的记忆之中,我好像很少得到过这样的奖励。

后来,不知从什么时候起,礼拜三下午的社会实践活动被取消了,以后的孩子们也就没有了这样有意义的休假,现在的孩子们也就更不知道我们的教育历史里有过这样美好的"经历"。

看到现在的孩子们痛苦地学习,看到现在的孩子们繁重的课程,看到现在的孩子们来自学校、家庭等各个方面的思想压力、精神压力,我很庆幸我没有生在这个年代。

闲暇时,一个人静静地待在屋子时,就想到过去这些快乐的事,就想到那些难忘的礼拜三。

有时我真想大声呼喊:让这快乐的礼拜三再回来吧!

(2007年7月18日)

猜疑,要不得的坏毛病

昨天一大早,我还在去单位上班的路上,咸阳日报社副刊部主任张良颖老兄就给我打过来电话,说他把我贴在博客上的《二元钱》那篇散文下载发表在昨天报纸的"文化艺苑"里,并说,他把题目改成《两块钱》,更加口语化些,让读者看起来顺溜。我连声说好,很感谢老哥对我的偏爱。

原来写了文章,就想投给报纸、杂志,盼着自己的文章能够变成铅字,能够在报纸、杂志上发表,能够让更多的人看到,一来标志自己的文章得到读者的些许认可,再者展示自己内心的感情。自从建了自己的博客以后,感觉自己的文章变成铅字方便得多了,也有好多的朋友能够在网上看到,而且还可以相互探讨切磋,也就懒得再把文章邮寄给报刊编辑。

　　不过,由于网络的方便自由,也给自己惯下了很多坏毛病,一是随意性强,什么都写,什么都往博客上贴,也就无形地引起了许许多多的是非来。其实,我完全是"无的放矢",却给朋友没法解释,写下的文章从不斟酌修改,直接就贴在博客上,造成很多低级的错误,偶尔也会引起读者的窃笑。

　　不管怎样,网络这个东西还是给自己提供了很大的方便。久而久之,我竟忘记了报刊的存在。接到张老兄电话后,不由得有些激动,急急忙忙开车到了单位,急急忙忙到值班室寻找当天的《咸阳日报》。报纸就放在值班室的桌子上,赶紧摊开报纸查看,却没能找到我的文章。再细细一看,发现"文化艺苑"那版的上半部分报纸被人齐齐地撕掉了,我猜测我的那篇文章就在被撕掉的那个地方。我的心情忽然沉闷起来,心里不由得冒出一股莫可名状的怒火。我并不是生气谁把发表我文章的那部分报纸撕掉了,而是推断有人故意撕掉我的文章是发泄对我的严重不满。

　　回到办公室,我悄悄安排给内勤一个"重要任务":私下调查是谁撕掉了我的文章。哼,如果让我查到,以后非得给他多准备几双"小鞋"穿。同时,我也当着几个不知情的同志的面指责撕掉我的文章的人"缺德"。

　　内勤忙乎了整整一个上午也没有调查出个结果来。我也暗自思索,这些搞了多年公安工作的同事,会让你这么轻而易举的调查出来?

　　中午在灶房吃饭时,同事明安端着饭碗坐到我的跟前,有些兴奋地对我说道:"早上看到咸阳日报上你的文章,很感人。"我马上睁大眼睛问他:"你看到报纸了?"有了撕掉我文章的线索,我着急地问。"我看了呀。"明安说。"后来报纸呢?"我接着问。明安笑了,吃了口饭,说:"我把你的文章撕了下来,收藏到我的剪贴本里了。"啊?!调查一个上午,原来是这家伙收藏了。我又好气又好笑地说:"你撕掉剪贴了,也不给我说一声,害得我直埋怨谁咋就这么缺德呢!"明安目瞪口呆,不好意思地说:"我一早就下管区调解一桩纠纷,没有来得及给你说呀。"

同事喜爱我的文章剪贴收藏,我却以小人之心做出种种无端猜想,真是心胸狭窄啊。看来,猜疑真是无可救药的坏毛病,百害而无一利。不知道朋友们有没有我这个坏毛病呢?若有的话,现在就把它扔得远远的,千万不敢让这个坏毛病依附在自己身上。

(2007 年 11 月 2 日)

从"咸阳有条无名街"说起

偶然,看到四月五日《咸阳日报》"社会视点"栏目刊登的一篇《咸阳有条无名街》的新闻报道。报道的内容虽然再简单不过,字数也寥寥无几,可是单凭这报道的题目就给人一种新奇的感觉,也不由得让人惊诧不已。

从报道的内容可以看出,咸阳这条无名街的形成已经有二十多年的历史了。现在这条街上有大小企业单位及大的家属院、小区六七家之多,商业门店也有若干,生活在这条街道两侧的居民也已近两万人。我想,这条街道咸阳的百姓绝对不会不知道,这条街道咸阳的政府官员也绝对不会没有听说过,而政府的工商、税务等职能部门也绝对不会没有来过。可这条街道没有名字这一客观存在的事实怎么会没有人重视过呢？

从报道中可以看出，还是辖区派出所的民警在实行公安部提出的"社区警务战略"时首先注意到了这个问题，这是派出所的民警在开展"入户下访"的活动中，感受到了这个确实存在的问题，也是派出所的民警首先通过媒体向社会、向政府的职能部门进行呼吁的。可以说，作为警察，这早已超出了他们自己的职责范围。

听说这篇报道刊发的当天上午，《咸阳日报》"社会视点"栏目组派记者对这条无名街进行更进一步跟踪报道，咸阳电视台的百姓视线栏目组也对这一问题进行了详细采访。

很庆幸能引起新闻媒体的高度重视。据我所知，生活在这条街上的人们已是望眼欲穿盼望这条街有一个正式的名字，这条街上的企业单位盼望着自己早早成为咸阳市的"亲生儿"！

确实，这条街道由于没有名字，给这条街上的企业单位和居民的工作、生活造成了许许多多的不便。由于没有正式的名字，外面邮寄过来的包裹信件等不是写"文林路××单位"，就是写"迎宾大道××单位"。如果遇上熟悉这里地理位置的邮政工作人员还好说，如果遇到一个生手，假若不用鼻子下边的嘴巴，他就是跑上一辈子也不会在文林路和迎宾大道找到这个单位的。由于没有正式的名字，这条街道也就没有专门的人员去管理，以至于这条街上垃圾随处可见，临街房屋随意搭建，整个街道脏乱不堪。

住在这条街上的企业职工哀叹：穿得漂漂亮亮去市中心，一看还像个都市人，回到这条街上就好像遇到了沙尘暴的游民！

听说，这条街上有几个企业单位曾多次联合向政府有关职能部门反映过这个问题，却很少有人重视过。呈递上去的报告也基本石沉大海。

久而久之,这条街上的人们也就心灰意冷了。

现在正值"西洽会"召开之际,各级党委、政府的主要领导都积极地去"西洽会"上招商引资。我想,政府在吸引"外资"的同时,是否关心关心"内资"企业的发展,关心关心"内资"企业职工的工作和生活,优化"内资"企业的工作环境、生活环境,为"内资"企业提供实实在在的服务,为他们办实事、办具体事。牢牢地拴住"内资"企业的心,让他们毫无顾虑地为我们城市的经济发展和社会进步积极工作,发光发热。

到了该转换观念的时候了。如果"内资"企业什么时候"飞"走了,成了别人的"外资"企业,谁将会是我们这个城市最大的罪人呢?!

(2007年4月10日)

弹指一挥二十年

　　今年七月,我们从警校毕业就整整二十年了,很早就听说要搞一次同学聚会,庆祝我们离开学校二十年。上个星期一,接到以班上名义发来的请柬,说是七月二十一日、二十二日两天在宝鸡市某个招待所相聚,要求七月二十日天黑以前赶到。看看时间,正好是双休日。七月二十日,星期五,下午下班后,我们几个相约在一起,分乘两辆小车,向宝鸡赶去。

　　想想要和分别二十年的警校同学相聚,想想要见到分别二十年的同学,路上,我们几个的心情都特别的激动。是呀,青春年少的我们从全省各个地方汇聚而去,在那宽敞明亮的教室聆听老师抑扬顿挫的讲课声,在那个不太平坦的操场头顶烈日,喊着"一、二、三、四"的号子,将那零乱的脚步终于训练成"啪"的一个声音,在那块沙土地上,我们练习仰卧、侧倒、前滚翻等擒拿格斗的基础动作,还有那些相互对打的激烈场面……

分别二十年(虽然在这二十年里也有同学出差来到我们的城市相见过,那总是极个别同学),也不知道现在我们的同学都变成了什么样子。

说来也挺巧的,我们的车子在路上正行驶着,忽然一辆挂有"陕E"牌照的小车从我们车旁驶过。我们第一个反应这可能也是去聚会的同学。于是,我们加快速度从一侧追上那辆小车,扭头一看,果然是我们的同学。只是一下子叫不上名字,有三四个呢。我们摇下车窗玻璃,把手伸出窗外,摇了摇。随即,那辆车鸣了几声喇叭。看来,他们车里也有人认出了我们。

出了高速路宝鸡收费站,同学的小车已经在路边等候。我们两辆小车依次出站后尾随在后面停下。打开车门,下了汽车,高呼同学的名字,上前激动地握手、拥抱、寒暄。看到同学都有些变化,只是变化不是太大,从他们脸上还能找到当年在学校的痕迹。随后,我们结伴驶向宝鸡市区。经过一番波折,在一个好心"的姐"的指引下,我们到了目的地。

在招待所大厅看到我们报到的指引告示。上到三楼,推开3015房间,房间里的人和我们几乎同时惊喜地喊叫。当然,少不了热烈的握手、拥抱、寒暄。报到之后,按照组委会安排的房间,我们分别去房间洗脸休整,晚七点准时赶到招待所一楼餐厅。

大厅里,已经有好多同学落座。问候声、交谈声、笑声、掌声,在大厅的上空回响。等班长简单的开场白后,我们首先为已经因公牺牲和因病英年早逝的两位同学默哀,然后,大家举杯痛饮,共同庆祝我们这个特殊的纪念日。其间,有同学陆续赶到,大家的问候声,欢笑声,以及接连不断的掌声不绝于耳。

　　当晚,同学们在一起引吭高歌、载歌载舞的热闹场面自不细说。还有同学住在同一房间诉说生活之艰辛、工作之辛苦而通宵达旦。

　　第二天,按照同学聚会日程安排,我们乘坐一辆大轿车参观了周公庙以及姜子牙垂钓的钓鱼台。中午在岐山吃了一顿农家饭,目睹了这里民俗村的风光。

　　晚上,大家聚在一起,分别介绍了自己现在的工作、家庭等情况,并个别交流,再诉分别二十年的是是非非,千辛万苦。

　　本次聚会,我们全班五十名同学,除已经离开人世的两名同学和六名在外地出差办案不能赶回的同学外,有四十二名同学放下手里的工作,紧紧张张地从几百公里甚至上千公里外赶到。有几个同学到了后和大家只相见几个小时又因工作繁忙而匆匆离开了。看昔日同学,大多因为工作的压力和生活的重负而形容憔悴,有些已经满脸皱纹,走在大街上很难认得出是警校的同班同学。还有当年那美丽的七朵警花,岁月的痕迹已经在她们脸上完完全全地体现了出来。

　　第三天早餐后,大家相互道别,又要投入到各自的工作、生活之中。临别感叹:再过二十年,我们还能和谁再相见?!

(2007 年 7 月 25 日)

对症下药

　　一个多月来,老感觉鼻子难受,眼泪鼻涕一齐往下流,怀疑是感冒,就胡乱地去药店买药吃。感冒药吃了一大堆:康泰克、白加黑、强力银翘片。贵的贱的,什么感冒药都用了,就是不见好。那些药副作用也大,吃得我一天到晚昏昏沉沉,没精打采,见床就想上,见枕头就想挨,吃饭也不香,走路没精神,工作没劲头,就连平时喜欢的喝茶聊天也感觉没有了意思。

　　人没有了精神最可怕,好像脾气也大了,性格也变了,整个好像换了一个人似的。平时爱来往的朋友也少了,平时常接的电话也没有了。我知道,是我自己变了,不能责怪任何人,更不能埋怨哪个朋友。在朋友的眼里,我是不是变得有些孤僻,有些高傲,有些自私,有些不近人情?

都是这讨厌的病害得我与亲密的朋友有些疏远,害得我失去了原有的淳朴与诚实。我变得不诚实了吗?

我很害怕,我害怕失去我的朋友,失去那些和我志同道合的朋友。我很害怕,我害怕这世界要把我抛弃,让我一个人孤零零地待在一个黑乎乎的、没有一丝光亮的小屋子里。

于是,就不停地给朋友打电话、发信息。可是,打了那么多的电话就是没有人接,发了那么多的信息就是没有人回。我想,完了,我要被周围的世界彻底地抛弃了。

没有了朋友,没有了问寒问暖的话语,没有了那么多人间的真情。忍着病痛的折磨,我坐在电脑桌前,努力地敲打着电脑键盘,键入了那些看来辛酸的汉字,我问自己:"别来无恙?"

把这些胡乱打的汉字贴在自己的博客上,没有想到,看到这些文字的朋友给予了我热情的问候和关心,虽然我不知道这些朋友长什么样子,也不知道他们家在何处,我却从朋友们的关心和问候里得到了一丝丝安慰,也捡拾到了战胜感冒这个病魔的勇气和力量!

昨天早上,一大早起来,还是老样子,眼泪鼻涕一起流,往洗脸间跑了无数遍。快八点时,摇摇晃晃走到大门口,倚靠着门框,看着门前来来往往精精神神生活的人们,有些羡慕,有些嫉妒,有些无可奈何。这时,附近医院的一个医生从门前走了过来,他平时上下班都从我们单位门口路过,有时停下还谝上几句,非常熟悉。"站在门口干什么?"他笑着问。我张了张嘴,正要回答,眼泪却流了下来。我用手背抹掉眼泪,苦笑着说:"不好意思,很难受。"忽然,我想到他是一个眼科医生,就顺口说:"你看我的眼睛老流眼泪,有什么办法吗?"他笑着说:"你一会儿过来,我看看。肯定有办法,我是干什么吃的。"

　　安排完单位的事,就去医院找他。医院离我们所很近,几分钟就到了。他正忙着,招呼我先坐下。等忙完后,他给我做了检查,然后从抽屉拿出三个塑料小瓶,是滴眼液和滴鼻液,用小剪刀剪开口,把几支针剂吸入,摇匀,配好。递给我说:"有些鼻炎,导致流鼻涕,流眼泪,喉咙不适。按照说明,回去滴几天保证就好了。"我拿了药,问多少钱。他说,身边常备的,不要钱。于是,我就说些感谢的话。回来后,拿起小瓶子就往鼻孔眼睛里轮番滴。早上起床,摸摸鼻子,竟然没有了要流涕的感觉。很高兴,赶紧打扫办公室卫生,洗漱完毕后,又出门去小摊点吃了一碗豆腐脑和一个饼子,回到办公室,刚好到了上班时间。于是,精神抖擞地接待群众,信心百倍地安排工作。

　　药对症了,病痛轻易而除。对症下药,是解决复杂问题的最有效办法。我想,任何事情都是一样,包括与朋友交往。物以类聚,人以群分,是不是就和对症下药是一个道理呢?看来,不可交的朋友千万不要去交,那是万万强求不了的。

(2007年9月11日)

噩 梦

进了手术室,犹如被押进了阴森威严的刑场。手术台上空的灯光,把这刑场一般的手术室照得煞白、恐怖。平日见面还说说笑笑的大夫用那宽大的口罩捂住了他那张椭圆形的大脸,只露出了眼镜片后那一双捉摸不定的眼睛。

"脱掉裤子!"他说,完全一副命令的口气,没有丝毫商量的余地。见我稍微有些迟疑,他身旁的两个助手如恶狼似猛虎,扑向了我,三下五除二,把可怜的我赤裸裸地摆放在手术台上。

看着大夫手中的刀剪,我不由得想起了古时刑场上行刑的鬼头刀,似乎听得见那刀背上吊环"哐啷啷"的响声。

我有些后悔了,我抱怨起了自己的莽撞和随意,我不该把这活生生的躯体带进这特殊的刑场!人有时就这么怪,好端端的一个完整的人,怎么就会想到自我折腾?是在满足一个莫名的心愿,还是践行着对上天的承诺?

闭上眼睛,准备接受这痛苦的行刑。听见大夫"嘿嘿"的笑声和悄悄的嘀咕声,我的心不由得紧缩,全身也跟着筛糠似的抖动起来。

告别了,我的朋友!告别了,我的妻儿!我似乎已经到了另外一个世界,在那里获得了新生,在那里享受着阳光的普照!

迷迷糊糊,听见有说话的声音。一个说:"他打呼噜了。"另一个说:"麻药打得好。"我猛然醒悟过来,我依然在手术室,我还生活在这个恩恩怨怨的人间!

"好了!"主刀的大夫摇了摇我的臂膀,一手拿掉了捂在他脸上的大口罩。依然是那张熟悉的脸,他正对着我在微笑:"怎么样,这个手术简单吧?也就是你打个盹的工夫。"我点了点头。真是啊,我没有一点感觉,一眨眼,完了。干净、利索。

我也真的混账透顶,怎么会把这救死扶伤的白衣天使和那些面目狰狞的刽子手联系在一起呢?

慢慢地,从手术台上下来,蹒跚着"八"字步往出走,主刀大夫叫住了我,说:"还要带吃的药呢。陪你来的人在哪儿?"当得知我一个人来的时候,他惊讶了:"我说这手术简单就简单了?你也够简单的了,竟孤身一人来做手术!"随后,他给我强调了术后应该注意的问题。末了,问我:"还有什么不明白的吗?"

"什么时候可以喝酒?"我问。

他瞪大了眼睛。

回到家里,躺在床上,我想了很多很多。这世上的事,这世上的人,相对于具体的人来说,有些就是多余的。就好像手机里的通讯录,过一段时间就得清理一次,把那些多余的,根本不值得保存的人名及电话号码清除掉,以免占了手机有限的空间。

对这身上的肉,多余的一定切割掉。切就切得干净、彻底。噩梦醒来,看到的是明媚的春天和灿烂的笑容。

(2008年4月19日)

跟着你,我在走我的路……

很小的时候,"咿呀"学着说话,颤颤学着走步,靠着母亲的帮扶,靠着姐姐哥哥的引领,顺着他们安排的路,一步一步向前挪动。慢慢地,离开了他们的视线,一个人能够跑出自己的家门。

很小的时候,就跟在父母的身后,聆听着他们的教诲,模仿着他们的为人处世,记下了他们为人的诚实,处世的厚道,迈进了学校的大门。

从学校到社会,多年之后,经历了风风雨雨的磨炼,在每一个阶段,身旁总会有自己模仿的影子,不管是老师,还是同学或者朋友。他们总会有形或者无形地影响着自己。那一双无形的手,牵着自己的衣襟,跟在他的身旁,自己在走着自己的路。

每个人的一生都有许许多多这样的影子，也都在随着这样的影子而动。可是，每个人的影子却有着这样那样的不同。

有一个好的影子，他可以让你少走弯路、不走弯路，人生旅途，一帆风顺；遇到一个坏的影子，他可以让你顷刻之间掉进万丈深渊。

试想想，一个人自从他出生起，经常看到的是父母的粗言相向，经常看到的是父母拳脚的你来我往，在他幼小的心灵上，父母的影子就会烙下深刻的印记，以至于影响到他人生的路。

结识一个坏朋友，跟着他，学到的不是吃喝嫖赌，就是坑蒙拐骗，你说，跟着这个朋友的影子你还能走到正道上去？

一生中，父母兄弟姐妹，同学朋友乡邻，每一个影子都很重要。

就是人们常常提到的红颜知己，也有着好坏两种影子。遇到一个真心喜欢自己的人，她能在你要走弯路的时候，运用她的影子矫正你的弯路，这非常容易。再看那些落马的贪官，哪一个不是绊倒在自己红颜知己的石榴裙下！因为那些"知己"喜欢的只是权和钱。

一生之中，朋友很多，各个人生阶段，有着许许多多不同的朋友，男的，女的。朋友的影子也就无处不在。

近朱者赤，近墨者黑。

虽然影子很多，可是，跟着你，我在走我的路。

(2007年12月14日)

大雪无痕

前天,天阴、风急,温度有些下降了。预感有一场大雪要降临大地。

昨天,飘雪了。像米粒儿那样的雪粒,随着一阵阵寒风,从灰蒙蒙的天空悄然落下。飘落在人的脸上、身上,顷刻化作一片冰凉的、湿漉漉的雪水,顺着脸颊流下。那些飘落在地上的,还没有让人看清她的模样,再去寻找,已不见了她的踪迹。好怕羞的雪姑娘!

昨天傍晚,接到上级通知:晚上有大雪,要求做好突发大雪灾难的营救准备工作。立即严阵以待,还没有放松的神经又拉紧了弦。

凌晨五时左右,值班室电话响起,分局110指挥中心指令,某网吧抓住两个涉嫌盗窃手机的疑犯,要求处警。并解释说,由于雪大路滑,110处警队的车从半坡爬不上来。

于是,连忙穿衣,紧急出动。打开屋门,看到的是一个白茫茫的世界。门外的车上也堆积了厚厚的雪,赶紧用扫帚扫掉车身上的积雪。去拉车门,半天没有拉开。原来车门已经被雪水冻住了,冻得死死的。

算了,徒步处警。值班的两个同志很快消失在雪地之中。在他们身后,我看到的是纷纷扬扬漫天舞动的雪花。

街上没有行人,就连这个国道上平时连绵不断的汽车也没有了影子。大雪严严实实地捂住了这块热闹的大地,大地也躺在大雪的被窝里沉睡。

凌晨时分,夜格外的静,听得见雪花舞动腰肢的声音。

大雪无痕。大雪之中是否隐藏着新的生命的迸发?!

喜欢这雪地,喜欢这一望无垠的大雪,更喜欢大雪无痕。我不想看见这纷纷乱乱的世界,我不想看见这尔虞我诈的人生。这无痕的大雪,暂时让这一切的丑陋都离我而去。烧杀掠夺,坑蒙拐骗,偷鸡摸狗,在这茫茫的大雪里,都滚得远远的吧!

大雪无痕。在茫茫无垠的大雪里感觉不出情的辛酸,爱的无奈。任凭这飘飘扬扬的雪花把那多情的泪水融化、带走,消失在这漫天的大雪之中。

不想让这无痕的大雪融化,不想让这无痕的大雪有了一道道的裂痕。只想在这无痕的大雪下孕育出新的生命,新的世界,还有全新的你,全新的我。

(2008年1月13日)

估计蚊子是撑死的

晚上,妻子去医院照顾她的母亲,只我一个人在家。斜靠在沙发上看电视,从中央一套看到十三套,从各地卫视看到凤凰三个台,从免费频道看到收费频道,反正没有好好看完一个节目,遥控器拿在手里,大拇指就按了个不停。到十二点多,也不知遥控器按到了哪个台上,人迷迷糊糊竟睡着了。

乱七八糟做梦,像放电影一样,或者是电视连续剧,一集接着一集,很有故事情节。好像潜意识里埋怨自己,平时咋都写不出个像样的故事来,简直太笨,把这梦里的故事经过整理整理,也就是一部好的小说,哪怕是短篇。只不过,这小说的情节跟《废都》里的差不多。呵呵,黄粱美梦,想必谁都做过。

梦美了,就很难醒来,这可便宜了那些乘虚而入的蚊子,它们从窗纱的破洞口钻了进来,依附在我的脸上、手上、脚上,只要能够接触到的地方,它们都尽可能地将那尖尖的嘴唇贴在我的皮肤上,狠狠地吮吸起来。从后来发现的它们的尸体上,可以想象到它们用了多大的劲。

妻子在家时,它们不敢来。每天晚上,妻子早早把那驱赶它们的电蚊香插上,就好像在我身边贴上无数道驱魔的符。也真怪,如果不采取驱赶它们的措施,它们就只往我的身上靠,好像别人不存在似的。

在沙发上睡了一个晚上,外面的阳光从窗帘的缝隙把我刺醒。睁开眼睛,那一段一段的美梦瞬间消失,怎样都记不起来。那潜意识想着整理梦里故事情节的想法还在,只不过空荡荡的脑子里什么也没有,根本没有一点东西可编。奇了怪了,这梦里的东西怎么说没有就没有了呢!

感觉额头有点痒,感觉手指有点痒,还感觉脚心有点痒,急忙去看,但见瘙痒处出现了一个一个小包,有的红,有的白。我的天啊,我睡得也太死了,这有多少蚊子晚上光顾了我的身体!

起身,拿掉毛巾被,轻轻一抖,有小东西掉在地上,好几个,细细一看,竟是蚊子,一个个滚滚圆圆的。轻轻捏在手里,拿在眼前再看,没有一点压扁的痕迹。这绝不是我半夜翻身时压死的。我不是佛教徒,也不是怕杀生不能超度了自己,我只是多了个心思:这夜半闯进来的蚊子们不会自己携带什么病菌吧?要不然,我又没有拍打,咋能死几个呢。听说好多传染性的疾病通过血液传染,这可把我吓得不得了。赶紧洗脸出门,早餐也没吃,也没喝一口水,急急忙忙去医院化验室。抽了一大管血液,等了半个多小时,那个穿白大褂长相还算不错的年轻女大夫叫我的名字,我的心提到了嗓子眼,去窗口拿到她递给我的化验单。"没事吧?"我怯怯地问。"能有什么事啊,化验都正常。"她说。"那死掉的几个蚊子是怎么回事啊?"我嘀咕着,大夫好像听到了,笑着说:"估计是撑死的。"

我狠劲拍打了一下自己的额头:对啊,我咋没有想到这一点呢。曾经有报道说,一个女的在家里边看电视边吃小食品,最后胃胀胃痛,食物撑破了胃保护膜,胃液流出,还没拉到医院人就死了。人都能被撑死,何况蚊子?

我暗暗高兴起来,以后再也不用驱赶蚊子的电蚊香之类了,就让它们来吧,不撑死它们才怪呢。

(2013年6月5日)

融化的雪儿,你在替谁流泪?

雪停了,停了漫天飞舞。阳光从那薄薄的云层里透射出来,在这白皑皑的雪地上辉映出一片五颜六色的光芒——赤橙黄绿青蓝紫,你不让我,我不让你,争先恐后地显现着自己的色彩,把这雪后的天地装扮成了一个梦幻般的世界,刺眼耀目,让人不由得驻足观望。

雪儿,在车轮的碾轧下流淌着痛苦的泪水;雪儿,在行人的脚底下无声的抽泣;雪儿,在太阳的照耀下默默地流泪。

这融化的雪儿啊,你究竟在替谁流泪?

下雪不冷消雪冷。多情的雪儿,你可是在为那些缺衣少穿的穷苦人流泪?是由于自己的融化而使那些可怜的人们更加寒冷,在伤心流泪吗?

　　雪儿,你在流泪,你的泪掉落在农家的屋檐下,你的泪悬挂在城市的楼顶边。凡是有棱有角的地方都可以看到你流不尽的泪啊。不知你哭了多久,也不知你的泪流了多少,那扯不断的线啊竟变成了好长好长的冰凌!

　　雪儿,你在流泪,你在替那些为了生存而煎熬的人们流泪。看着不断上涨的物价,看着灯红酒绿两重天的世界,你流泪了。你为即将到来的年关而流泪,你怕听到拉着衣襟叫娘的孩子为了购买新年衣裳的哭声,你怕听到无钱置办年货的父母悄悄的哭泣声。

　　雪儿,你在流泪,我知道你在替多情的人流泪。没有哭声,没有呐喊,也没有无穷无尽的抱怨。在空旷的田野里,没有谁去干扰,你仰面望着雪后的蓝天,你抬头看着西落的红日,你回忆着那些多情的日子,你回想着曾经相爱的场面。默默地,泪水从你的眼角流出,湿了你的脸颊,渗入你的心脾,融化了你的身躯。那白白的、薄薄的冰层,可是你的泪水凝结而成?

　　雪儿,多么的盼望这人世间的不平和痛苦都随你融化了去,消失得无影无踪。清晨起来,出现一个没有痛苦,没有伤心,只有快乐的人间!

(2008 年 1 月 15 日)

声 音

怕听到刺耳的声音,电锯的声音、紧急刹车的声音、尖利的惊叫声音。怕听到"轰隆轰隆"打雷的声音,怕听到低沉的沙哑的恐怖的声音,怕听到絮絮叨叨的声音,怕听到鬼哭狼嚎的声音;怕听到黎明前的哀鸣,怕听到熟睡中的鸣炮,怕听到醉疯子的胡言乱语,怕听到精神病人的自言自语……

怕听到好多好多的声音,好多好多无法用词语描述的声音。这些声音,让我的神经紧张,让我的头皮发麻,让我的心跳加剧,让我的意志崩溃。这些声音,让我感觉世界末日的降临,让我感觉到地球瞬间的崩溃。我不知道,是谁制造了这些声音,是人,是鬼,是大自然,还是我们生存的这个世界?

为什么会有这些声音？大千世界，无奇不有，也包含着这些可怕的声音。人啊，可怜的人啊，为什么要经受世间诸多的苦难，还有这平时不被关注的声音？

制造这些声音的可曾有过让人害怕的感受？包括自然界，包括人类社会，也包括制造这些声音的许许多多具体的人。

当然，也有人们喜欢的声音，也有那些顺耳的声音，也有那些动听的、让人留恋的声音。

一曲《二泉映月》让人如醉如痴，这是从二胡的演奏中发出来的；一声声的"算黄算割"，是那一只只吉祥勤劳的布谷鸟的叫声；还有那泉水的"叮当"声，微风吹响树叶的"哗哗"声。

好听动人的声音也多了，有那美妙的歌曲，有那抑扬顿挫的话语，有那孜孜不倦的教诲，有那母亲的一声声呼唤。震撼动人的声音也多了，有那"中国人民从此站立起来了"的庄严宣告，有那相恋相识的微微细语，有那劳动瞬间的欢声笑语，有那新婚之夜的甜言蜜语。只不过，在这浮躁的世界里，这些动听的声音似乎少了许多。

声音很多很多，声音各种各样，由于时间的不同，场所的转换、氛围的改变，声音也许在发生着微妙的变化。或许，有些声音在一个时期特别耐听、感人，另一个时期又会让人感觉厌烦。犹如打雷，在狂风怒吼的漆黑夜晚，那一声声的轰响会使人心惊胆战，头皮发麻。而春天的雷声却会给人力量，给人鼓舞，催人奋进。

声音虽然各种各样，不过，无时无刻，我都喜欢那种震撼人心的声音，都喜欢那种动人心弦的声音，我总是思念着小时候母亲那一声声呼唤的声音。

(2009年7月20日)

谁触动老天伤心的泪眼

一连几天,天灰蒙蒙的,一片一片的乌云连接成一个漫无边际的天幕,严严实实地遮挡了老天灿烂的笑脸,遮挡了老天明亮的眼睛。大地万物,不能看到老天的模样;茫茫苍天,不能看见大地上那受苦受难的生灵。

于是,天空下起了细雨。老天在哭泣,老天在流泪,老天在不休地诉说唠叨。

老天在为饱受战乱之苦的百姓哭泣,老天在为人间的灾难而流泪,老天也在为世间的不平而诉说。是谁造成了世间这许许多多的灾和难?

老天落泪了,老天的泪水像江河一样向大地倾泻。城市的大街小巷都积满了老天流下的泪水,农民的土院田地里也被老天伤心的泪水浸泡。又是谁让老天如此的感动伤心?

失学的儿童,因为家里贫困不得不离开了他们依依不舍的学堂;重病的患者,不得不因为无钱看病而向死神一步步走近;无家可归的流浪儿,不得不跟随着骗人的中介公司来到罪恶的"黑砖窑"里……

看到如此的大地生灵,老天怎能不痛哭落泪?

老天呀,你在为谁落泪?为了多情的男子,还是为了痴情的女子?一个"情"字,就要让老天有流不完的泪!

谁在让你流泪,老天呀?是那无情的女子,还是那负心的汉子呀?这一个"无情",一个"负心",又要让你肝肠寸断!

"哗哗"的雨水是你老天流不完的泪!满天的乌云就是你多愁的脸!

可怜啊,老天!如果人世间的红尘男女都重情重义,如果人世间的感情都是至真纯洁,如果人世间再也没有战乱,没有欺诈,没有残酷的虐待,你还会泪流不止、痛断肝肠吗?

但愿老天有个好心情,但愿我们的世界永远春光明媚,暖阳高照!

(2007 年 7 月 20 日)

走进大漠

前几天有了出走的想法,就有意识地去寻找能够出走的机会。我想放松放松这紧张的心情,舒缓舒缓那紧绷的神经,还有工作的压力,琐碎的生活重负。

正巧,辖区省煤炭地质勘探185队基地办的魏主任一连两天来到我们所里商谈去榆林为他们的职工办理二代身份证的事情。我也知道,这地质勘探都是些野外的活儿,勘探队的职工们一年三百六十五天几乎都在野外工作。这些年,陕西榆林能够发现几个储量大的煤田,榆林的经济能够发展得如此迅速,185队功不可没。由于职工大都在陕北搞地质勘探,忙着为国家寻找矿产资源,所以,他们没有时间回到咸阳办理二代居民身份证。想想也是,将近二百人要从六百多公里外的榆林赶回咸阳,花费多少不说,单是这么多人同时回来的话,地质勘探的工作就必须停下来。可是,要去榆林,最少也要三天的时间。如果把所里唯一的照相设备带走,那么,来所里办理二代居民身份证的其他群众怎么办?和魏主任商量后,初步决定利用双休日去榆林为职工办证。向局长汇报后,局长也非常高兴,并肯定了上门为职工办理二代身份证这个好的做法。不过,当局长得知我要开车去时,又担心起路途的安全来。听到我的保证后,她终于同意了我们的行动。

我们决定八月十日上午出发。借了朋友的一辆越野车,并在汽修厂进行了上路前的保养。星期五上午,也就是八月十日十时三十分,我和户籍内勤、照相员、魏主任,以及185队一名户籍警务员带着照相设备上路了。

从咸阳出发,一路经过四个地市十二个县,目睹了郁郁葱葱的山林,遥望了连绵起伏的高原。过了安塞,进了靖边,突然眼前一亮,开阔的视野,别样的景观,出现在我们眼前。我们已经走进大漠。这时,我已经坐在副驾驶的位子上,把魏主任推到驾驶员这个重要的位置。隔着车窗玻璃,我尽情地欣赏着大漠的风光。汽车在宽阔平坦的高速路上快速行进,一个一个的沙包,一排一排的树木,一片一片的荒漠向车后飞跑而去。它们完全没有顾及我的心情,没有顾及我是否已经把它们欣赏好了,欣赏够了。它们只顾着按照自己的方向,快速地飞跑而去。好在又有相似的景观飞奔而来,让我有点目不暇接。我尽量地睁大眼睛,一副极其贪婪的样子,恨不得把这异域的大漠风光尽收眼底。

只顾着欣赏这美好的大漠风光,完全没有注意时光的流逝。汽车从高速路驶出,我才恍然大悟:榆林到了。看看时间,刚好下午五时三十分。

按照我们的事先计划,到了榆林后,我们立即安装调试照相设备,连夜为职工照相。到了次日凌晨一时许,在榆林等候照相的职工全部照完。核对名单,有二十几个职工明天才能赶回,安排在第二天晚上进行。

周六上午九时三十分左右,保卫科王科长开车带路,我们出了榆林市区,驶入广袤的荒漠之中,向北直奔成吉思汗陵而去。路面依然宽阔平坦,路上的车辆却越来越少。一眼望不到边的荒漠紧紧和天边的白云连接在一起,又和蓝蓝的天空浑然一体。我们置身于这广阔无垠的宇宙之间,那广袤的大漠,那奇异的白云,还有那蓝蓝的没有一丝灰尘的天空,给了我们无穷无尽的享受。

整整一天,我们穿行在这美好的大自然美景中,目睹了成吉思汗射大雕的雄姿,领略了红碱淖美丽的风光,欣赏了红石峡的精美石刻,看了镇北烽火台,想到古代人民抵御外敌入侵的英雄气概,依稀听到刀剑长矛的磕碰声和激烈的厮杀声……

真是大漠风光无限好,祖国山河寸寸金!

来到榆林,自然见到在榆林市局工作的同学,并得到同学光平、兴华的盛情款待。周日中午,吃过午饭,我们怀着恋恋不舍的心情离开了榆林,那大漠美好的风光也在我们的视线里一点点消失。依依惜别,回望大漠,心情久久难以平静:大漠,这令人心旷神怡的地方,我什么时候再来看你?!

(2007年8月17日)

后 记

像流星一样划过……

　　人生如此,万物如此。大千世界,总是循着自然的规律前行。茫茫苍穹,谁也无法躲过大自然这个规律。万物,总会有生命的尽头。我绝不是宿命论者。

　　往事依然,会像流星一样,在天际划过一道弧线,或长或短,或明或暗,最后将消失殆尽。当然,消失的时间也有长有短。如流星,在划过天际的那一瞬间,有的灰飞烟灭,变成离子、分子,寻不见,摸不着,消失在宇宙之中;有的则掉落在大地之上，成了天外飞石，在地球上砸了一个或大或小的坑。不论陨石大小，终抵不住自然界的风剥雨蚀，随着时间的流逝而从地球上消失。

往事，也会慢慢地在我的脑海里淡忘，包括过往的人和物。到了我和这个世界告别的那一刻，往事，就会变成永远的过去。没有人知道，没有人提及。它会伴随着我，从这个世界上彻底消失。趁记忆的大门还没有关闭，在心底，让往事如游行的队伍一样，依次走过。我站在记忆的高处，检阅着这个往事的队伍，留下一长溜走过的痕迹。美好的，邪恶的；快乐的，痛苦的；或激动，或流泪……无论如何，总是留在我心里的痕。

问世界情为何物？许多许多的人都不能回答，也无法回答。我也一样。我只是在多情的人生里寻找我做人的那一份坚守，那一份牵挂。

母亲的离世是我亲情最痛心的一次割裂，让我哭天喊地，欲罢不能。时过三十多年，我仍屡屡从梦中哭醒。还好，有了爱我的妻子，总让我在失去母爱的痛苦里得到了一点点的慰藉。因为情，才有了爱；因为爱，才有了这许许多多的牵挂。让这个世界充满爱，是所有人的愿望。因为有了爱，才让这个世界变得更加美好！

职业的缘故让我结识了许许多多的人，也让我遇到了许许多多的事。随着时间流逝，人会越走越远，事会越来越淡。但愿，在我记忆的深处，往事能够留下那么一点点的痕迹，随着我慢慢变老，慢慢淡忘。

袁　峰
2016 年 5 月 30 日